KB009167

FUSION FANTASY STORY & ADVENTURE

사도연 퓨전판타지 장편소설

신세기전

dream
books
드림북스

신세기전 9 신, 혹은 부처

초판 1쇄 인쇄 2017년 3월 22일
초판 1쇄 발행 2017년 4월 3일

지은이 사도연
발행인 오영배
기획 박성인
책임편집 김다슬
표지 · 내지 디자인 공간42
제작 조하늬

펴낸곳 (주)삼양출판사 · 드림북스
주소 서울시 강북구 도봉로 173
대표 전화 02-980-2112 **팩스** 02-983-0660
편집부 전화 02-980-2116 **팩스** 02-983-8201
블로그 blog.naver.com/dreambookss
출판등록 1999년 3월 11일 제9-00046호

ⓒ 사도연, 2017

ISBN 979-11-283-9109-5 (04810) / 979-11-313-0648-2 (세트)

드림북스는 (주)삼양출판사의 판타지 · 무협 문학 브랜드입니다.

FUSION FANTASY STORY & ADVENTURE

사도연 퓨전판타지 장편소설

신세기전

신, 혹은 부처

9

dream
books
드림북스

신세기전

목차

44장

수보리

부처를 만나면 부처를 죽여라.
조사를 만나면 조사를 죽여라.
나한을 만나면 나한을 죽여라.
부모를 만나면 부모를 죽여라.
친인을 만나면 친인을 죽여라.
그리하면 비로소 해탈을 얻을 것이니.

　　　　　　　　　　　　　　　　—임제록 中에서

　　　　　*　　　*　　　*

수많은 거대 연꽃이 피어 있던 연못.

출렁이는 파문은 고요했던 수면을 몇 번이고 일그러뜨리면서 연꽃을 잘게 부순다.

조각 난 꽃잎이 사방으로 뿌려지고, 진흙이 올라와 물을 혼탁하게 만든다.

퍼퍼퍼퍼퍼퍼퍼펑!

지호는 그런 자잘한 꽃잎을 일일이 박차면서 수보리와 수없이 충돌했다.

역시나 손오공의 스승이라는 것일까.

수보리는 강했다.

깊은 깨달음만큼이나 지고한 경지에 이른 무술 실력은, 선술이나 법술과도 결합되어 있어서 휘두르는 주먹 하나하나가 영혼을 가볍게 찢어 버릴 수 있는 힘을 담고 있었다.

이미 제천대성으로서의 힘을 각성하고, 짧지 않은 시간 동안 단련한 끝에 그 힘을 완벽히 체득한 지호로서도 도저히 쉽게 여길 수가 없었다.

분명 힘이나 내공은 지호에 비할 바는 아니나, 기교나 담겨 있는 깊이가 다르다.

하지만 가장 무서운 점은,

'살기가 전혀 느껴지질 않아.'

그런 무시무시한 공격을 퍼붓는데도 불구하고 수보리는 마치 아무것도 없는 허공을 상대하듯 모습을 보인다는 점이었다.

공(空).

비어 있다, 는 뜻으로 불가에서 말하는 가르침의 요체.

수보리는 그 자체를 선보이고 있었다.

그 때문일까?

이만한 싸움을 벌이면 세계수가 어떤 반응을 보일 법도 한데도 아무렇지 않다.

마치 인식을 못하고 있는 듯하다.

아니, 인식을 못하는 게 분명하다.

그렇다면 세계수가 다치는 행동을 허락지 않는 여와가 가만히 두지 않을 테니.

'세계수 안에 결계를 쳤어. 그 안을 자신의 색으로 물들였고. 자신이 만든 세상 안에 나를 가둔다…… 이건가?'

과연 선술에 있어 깊이가 남다르다고 해야 할까.

덕분에 수보리는 아바타라는 육체적 한계를 벗어던지고 부처로서의 권능을 가감 없이 발휘했다.

지호를 둘러싼 공기며 기운이 모두 수보리의 것이니, 지호는 마치 수보리의 손바닥 위에 있는 것이나 마찬가지였다.

그 옛날 손오공이 석가여래의 손바닥 위에서 희롱을 당했던 것처럼!

콰아아아아아아아앙!

하지만 손오공은 그때에 비할 바가 아니었고, 지호 역시 당시의 손오공을 벗어난 지 오래.

수보리에게로 주먹을 내뻗는다. 주먹 끝에서 금색 광휘가 맺혔다가 화려하게 피어오르면서 그대로 수보리를 격타한다.

수보리는 오른손으로 지호의 주먹을 정면에서 맞받아쳤지만 충격파를 모두 소화해 낼 수 없었다. 결국 몸이 통째로 수면으로 추락했다.

물살이 좌우로 크게 갈라지면서 출렁인다. 수보리는 단숨에 깊디깊은 연못의 바닥까지 닿았다.

탁!

수보리는 지면에 충돌하기 전에 가까스로 몸을 뒤집어 땅에 착지했다.

고개를 드니, 저 멀리 지호가 화안금정을 밝히면서 다시 주먹을 내뻗는 것이 보였다.

콰아아아아아아아!

수십 줄기나 되는 황금색 빛줄기가 마치 촉수처럼 요란하게 쏟아진다. 갈라졌던 물살이 빈자리를 다시 메우기 위해 안쪽으로 들어오려는 것을 거칠게 헤집으면서 수보리를 감싸 왔다.

마치 수십 마리나 되는 구렁이가 커다란 먹이를 먹어 치우기 위해 망을 보다가 단숨에 덮치는 듯한 모양새!

그 순간, 수보리는 재빨리 인(印)을 맺었다.

수인. 부처와 보살이 깨달음의 내용이나 활동을 상징적으로 표현한다는 가벼운 주문과 함께 앞으로 팔을 내뻗는다.

오른손은 검지만 펴서 무릎을 짚고, 왼손은 가볍게 펴서 아래로 두는 자세.

항마인.

석가여래가 깨달음을 얻을 때에 악마 파순을 굴복시켰다는 수인!

퍼어어어어어어어엉!

연못의 물살이 통째로 소용돌이를 그린다. 수보리를 중심으로 회전을 시작하면서 거대한 물의 벽을 세우다 갑자기 바짝 얼었다.

지호가 쏟았던 빛줄기는 수보리에게 닿기도 전에 얼음벽에 부딪쳐 튕겨 났다. 부서진 얼음 조각들이 아래로 우수수 떨어지면서 뿌연 안개를 만들어 낸다.

순간, 수보리의 동작에 따라 얼음벽이 통째로 무너지다

가 저들끼리 뒤섞이면서 거대한 용의 형상을 띤다. 얼음 용은 아가리를 쩍 벌리면서 지호에게 달려들었다.

바다처럼 깊고 넓던 연못이 통째로 변한 용.

지호는 그 앞에 하루살이처럼 너무나 왜소하게만 보였다.

하지만,

쾅!

지호는 피하기는커녕 도리어 얼음 용의 아가리 속으로 뛰어들었다.

얼음 용은 입을 닫자마자 목 부분이 안쪽에서부터 터져 나갔다.

부서진 얼음 사이로 금색 광휘가 솟아나면서 위에서부터 아래까지 기다란 몸뚱이를 그대로 찢어 버린다.

당연히 끝에는 수보리가 있는 게 분명한 바.

하지만 수보리는 다가오는 것을 전혀 허락할 생각이 없다는 듯 새로운 수인을 맺었다.

오른손은 검지와 엄지를 둥글게 말아 위쪽으로, 왼손은 약지와 엄지를 말아 아래로 두는 전법륜인을 맺어 하나로 합쳤다.

촤촤촤촤촤촤촤!

얼음 용이 얼음벽 때처럼 또 한 번 폭발한다.

안쪽에서부터 일어난 폭발이 지호를 엄습하고, 뒤따라 날카롭게 날을 드러낸 얼음 조각들이 단숨에 난도질을 하려 달려든다.

지호가 차고 하얗기만 한 뿌연 안개를 헤집고서 수보리 앞에 도착했을 때, 그는 입고 있던 옷이 모두 헤져 있을 뿐만 아니라 몸도 모두 상처투성이였다.

어차피 진짜 육체가 아닌 영혼만 있는 곳이라 하나, 지호는 영혼이 곧 육체가 아니던가. 당연히 타격이 있을 수밖에 없다.

그런데도 고통스러워하는 기색 하나 없다.

도리어 빨간 피로 뒤덮인 얼굴 사이로 요요히 빛나는 화안금정에는 아무런 감정조차 느껴지지 않아 두렵기까지 할 정도였다.

콰아아아아아아아아아앙!

지호가 손을 뻗고, 수보리 역시 손을 뻗어 서로 간에 깍지를 낀다.

힘과 힘의 충돌에 지반이 그대로 내려앉는 것과 동시에 지호의 몸을 따라 어마어마한 광휘가 뿜어져 나온다. 호시탐탐 빈틈을 노리려던 수증기며 안개가 마치 지우개로 지운 듯이 싹 사라진다.

지호는 금색으로 된 불길, 그 자체가 되어 수보리를 찍어 누르려 했다.

쿠쿠쿠쿠쿠쿠쿠쿠쿠!

지면의 끝을 모르고 파고든다. 연못이 있던 자리가 모두 무너져 내리며 연꽃의 꽃잎들이며 수술, 암술이 모두 낙석 더미에 파묻힌다.

수보리는 안간힘을 써서 지호를 밀어내려 하지만, 지호는 꿈쩍도 않았다.

도리어 더더욱 눈을 밝히면서 수보리를 지면 아래로 파묻는다. 팔뚝을 꺾어 버리고 누르고, 누르며, 또 눌러 영혼 자체를 찢어 버리려 한다.

수보리의 눈동자에 살짝 당황하는 기색이 어린다.

지호는 그가 생각했던 것 이상으로 강했다.

파묻하기 전의 손오공만을 생각했던 것일까?

부처 일파에서도 골칫거리라 여겼던 나타와 다문천왕을 꺾었다는 말을 들었다. 옥황상제가 고역을 면치 못했다는 것도 알고 있었고.

하지만 그렇다 해도 옛날의 손오공에 대한 기억만이 강한 데다가, 스승을 쉽게 넘을 수 있을까 하는 생각을 지울 수가 없었다.

그런데 그게 아니었다.

지호는 이미 스승인 자신과 어깨를 나란히 할 만했다.

아니, 어떤 면에서 보자면 이미 능가했다 할 수 있으리라.

신위는 비로자나불을 꿈꿀 정도로 드높으며, 부리는 내공이며 선술은 깊이가 있었다. 아마도 여러 신업을 이은 결과일 테지.

무엇보다 지호는 교활했다.

선술로서는 상대가 되지 않을 걸 알고 있어 수인을 맺지 못하게 양손을 단단히 붙잡고 놓아줄 기미를 보이지 않고 있으니.

이미 수보리는 양손이 꺾이고 뭉개져 피투성이가 되고 말았다. 그것으로도 모자라 팔뚝을 뽑으려고까지 하고 있으니.

어디 그뿐인가.

지호가 내뿜는 광휘는 서서히 영역을 넓혀 가면서 결계 내부를 가득 물들여 간다.

이곳이 그의 수중으로 떨어지는 것도 금방이리라.

'이래서야 스승으로서의 체면이 말이 아니지 않은가.'

그런 생각에 수보리는 화들짝 놀랐다.

내게 아직 이런 생각을 할 틈이 있었나?

미련을 버리고 고집을 비웠다 생각했건만.

공이 되었다 여겼건만, 아직도 깨달음이 부족한 모양이

었다.

　피식.

　수세에 몰린 상황에서도, 수보리의 입가에 웃음이 살짝 피어난다.

　지호의 미간이 좁혀졌다.

　"뭐가 우습다는 것입니까?"

　"우습다는 것이 아니에요. 그저 얼마만인가. 이리 호쾌하게 몸을 움직이니 참으로 기분이 좋다 여겨져서요."

　지호가 무슨 말을 하는 것이냐고 되받아치려는 그때,

　"잊고 계시나 봅니다. 제자께서 쓰시는 무술이며 선술 모두가 이 스승에게서 파생되었다는 것을."

　"……!"

　지호가 더욱 힘을 주려는 그때, 갑자기 수보리가 옆으로 몸을 홱 하고 돌려 버린다. 분명 지호에게 손이 단단히 붙잡혀 있는데도 불구하고.

　우두두둑!

　왼팔이 통째로 뜯겨 나간다.

　수보리는 근육과 뼈가 우악스럽게 떨어졌는데도 불구하고 눈썹 하나 꿈틀거리지 않고 그대로 지호의 뒤편으로 몸을 돌려 어깨로 등을 후려쳤다.

　쿠우우우우우우우웅!

지호는 이대로 등이며 척추가 박살 나는 게 아닐까 싶을 정도로 크게 아래쪽으로 튕겨 났다.

그사이 수보리는 하늘로 뛰어올라 덜렁이는 한쪽 손을 재빨리 이리저리 움직였다. 어설프게 맺혀졌지만 의미만큼은 명확히 각인된 수인, 시무외인이었다.

공포와 두려움에서 벗어나게 하고 우환과 고난을 해소시킨다는 수인.

순간, 결계 내부는 가득 메웠던 광휘가 씻은 듯이 사라지고 다시 수보리의 색으로 채워진다.

그리고 하늘에서부터…… 수많은 불줄기와 벼락을 동반한 태풍이 몰아치며 얼음과 우박이 잔뜩 쏟아졌다.

제천류. 그 바탕이 되는 오행공의 정수가 수보리에게서 펼쳐지고 있었다!

지호는 손오공이 오랜 수련 끝에 완성한 제천류의 요체를 수보리가 단숨에 꿰뚫었다는 사실에 경악을 하면서도, 아픈 몸을 붙잡으며 몸을 그쪽으로 돌렸다.

먼저 번개.

콰르르르르르르르릉!

샛노란 뇌전이 마치 소나기처럼 대거 지호가 있던 자리를 때린다.

지호는 축지를 밟아 단숨에 몸을 물리지만, 어떻게 알았

는지 그 자리를 다시 벼락이 몇 번이고 내려와 우악스럽게
달려들었다.

피한 자리에는 큼지막한 구덩이가 몇 개씩이나 남았다.
시커먼 그을음과 함께 샛노란 뇌기가 튀어 올랐다가 사그
라지기를 반복했다.

지호는 계속 몸을 물리며 벼락 세례를 피하다가 광휘를
손날에 감아 그대로 세게 내그었다.

좌아아아아아아악!

사선으로 공간이 비스듬하게 갈라지면서 쏟아지던 벼락
이 모조리 도중에 잘려 나가 흩어진다. 조각난 뇌기가 땅
으로 떨어졌다.

하지만 그것은 지호가 예상치 못한 새로운 결과를 낳고
말았으니.

조각난 뇌기와 이미 구덩이 곳곳에 남아 있던 뇌기가 서
로 맞닿으면서, 삽시간에 뇌기 파편 간에 연결망이 형성되
었다.

지상을 뒤덮는 어마어마한 크기의 뇌기 그물망!

파지지지지지지직! 콰콰콰콰콰콰콰콰쾅!

뇌기는 닿는 모든 것을 쓸어 나간다.

방금 전까지 평화롭게 연꽃을 틔웠던 연못은 그나마 남
아 있던 물기를 모두 증발시키는 것으로도 모자라 땅거죽

을 몇 번이고 뒤집어 버린다.

거기서 일어난 모래 안개는 다시 분진 폭발로 이어지니, 결계 내부는 금방이라도 부서질 듯이 몇 번이고 흔들리기를 반복한다.

하지만 벼락은 여전히 성에 차질 않는다는 듯 시커먼 폭발과 먼지로 가득 찬 대지에 몇 번이고 내리꽂혀 대니.

우레와 폭음만이 가득한 곳에서, 수보리는 홀로 상공에 뜬 채로 아래를 주시한다. 그러다 뭉개져 거의 없다시피 한 손을 강하게 오므린다.

화아아아아아아악!

사방으로 퍼졌던 뇌기며 분진이 사방에서 옥죄어 오는 보이지 않는 무형의 장벽에 몰려 한 지점으로 압축된다.

그리고 다시 한 번 폭발했다.

콰르르르르르르르르르—!

이제는 뇌기뿐만 아니라 어마어마한 불길이 휘몰아치면서 지면을 마구잡이로 할퀴고, 대기를 태우고, 상공을 찢어 놓는다.

그러다 갑자기 기온이 급속도로 싸늘하게 가라앉으면서 고드름이며 얼음송곳이 곳곳에 맺혀 안에 있는 모든 것들을 찔러 버린다.

벼락, 불길, 강풍, 얼음까지. 오행공의 모든 정수들이 잇달아 나타났다가 사라지기를 반복하면서 지호를 유린하는 광경은, 입이 저절로 떡 벌어질 정도였다.

하지만,

쏴아아아아아악!

얼음 한가운데에서 기둥처럼 솟아오른 금색 광휘가 여덟 개로 갈라지면서 마치 거인이 양손을 밀어 넣어 좌우로 젖히듯 폭발을 모두 물리친다.

마치 그 모습이 꽃봉오리를 틔우던 연꽃을 떠올리게 해서 묘한 느낌을 주었다.

그리고 연꽃이 핀 자리.

지호는 어느새 하얗게 변한 머리와 용의 비늘을 잔뜩 드러낸 채 수보리를 올려다보고 있었다. 이미 잿더미가 되어 버린 녀석의 팔을 바닥에다 아무렇게나 버렸다.

그 순간, 수없이 불어 닥친 폭발 때문에 위태롭던 대지가 끝내 버티지 못하고 기다렸다는 듯이 마저 무너져 내렸다.

와르르르르르르.

그리고 그 아래 드러나는 것.

"역시 그랬어."

지호는 짐작이라도 했다는 듯 발아래에 놓인 것을 무심한 눈길로 내려다봤다.

끝을 모르고 이어진 울퉁불퉁한 맨살이며 저 멀리 높다랗게 산처럼 선 손가락.

지호는 어느 거대한 손바닥 위에 있었다.

*　　　*　　　*

'부처님 손바닥 안'이라는 말이 있다.

옛날 손오공이 자신의 신통력만을 믿고 천계를 마구잡이로 날뛰었지만, 결국 석가여래의 손바닥 위에서 돌아다녔던 것에 지나지 않았다는 뜻이다.

수보리가 말하고 싶은 것도 그런 것이었다.

"제자. 이제 그만하세요. 어찌 그리 대단한 힘을 지니고도 욕심에 욕심을 부리는 것입니까? 움켜쥐면 쥐려 할수록 결국 모래처럼 빠져나가는 것이 우리네 인생사인 것을."

수보리가 상공에서 아래를 굽어보며 말한다.

하지만 그것은 진짜 수보리가 아닌 아바타라.

그저 상공 너머에서 이곳을 보고 있을 이 거대한 손길의 주인이 부리는 인형에 지나지 않는다.

"그새 잊으셨습니까? 결국 참된 길은 집착을 버리고 자신 안에서 울리는 목소리를 듣는 것. 어찌 그리도 미련하게 구시려는 건가요."

석가여래는 손오공을 손바닥 위에 올려놓은 상태에서 손가락을 오므려 어디로 도망치지 못하게 만든 후, 그 위에다 오행산을 올려 장장 오백 년이라는 긴 시간 동안 잠에 들게 만들었다.

수보리 또한 제 스승을 본받아 그와 똑같은 것을 하려 하고 있었다.

이것은 그 전에 마지막으로 보내는 사인이다.

"돌아오세요. 이곳이야말로 제자께서 있을 자리. 비록 제자께서는 모든 것들이 순리대로 돌아가야 한다고 강변을 하시나, 제자께서도 불과 천여 년 전에 이 혼탁한 세상을 바르게 잡지 않았습니까? 지금도 그때와 별반 다르지 않아요. 비뚤어진 것을 바로잡으려는 것뿐이에요."

이곳으로 와라.

어차피 뛰어 봤자 내 손바닥 안이 아니던가.

투전승불의 사리를 돌려줄 테니 같이 저승으로 넘어가 이 혼란을 모두 끝내자.

"어서요."

수보리는 자애로운 미소를 띠면서 이리로 오라는 듯 손짓을 했다.

하지만,

촤아아아아아아악!

갑자기 공간을 비집고 날아온 날카로운 광휘가 수보리의 머리통을 비스듬하게 잘랐다.

자비 가득한 수보리의 머리는 허공으로 둥실 떠오르며 아래로 떨어지려는 상황에서도 눈을 껌뻑이고 입을 쉬지 않았다.

"……하아! 결국 이것이 대답이시로군요. 하면."

파스스.

머리와 몸뚱이는 작은 입자가 되어 흩어진다.

대신에 결계 안의 세상이 잘게 떨린다 싶더니 하늘이 여러 개로 조각나 아래로 떨어졌다.

그리고 그 너머로 비치는 것.

어마어마한 크기를 자랑하는 불상이 이곳을 굽어보고 있었다.

—어쩔 수 없지요. 오공이 그러하였듯, 제자께서도 한 숨 푹 주무시도록 하세요.

쿠쿠쿠쿠쿠쿠쿠쿠.

수보리가 손바닥을 오므리기 시작한다. 지면이라 여겼던 손바닥이 꿈틀거리고, 저 멀리 세상을 둘러싸던 다섯 개의 손가락이 하늘을 덮어 온다.

지호는 축지를 밟았지만 빠져나가려 해 봤자 결국 녀석의 손바닥을 벗어나지 못한다는 걸 알고 있었다.

하지만 이대로 뒀다가는 손오공처럼 오행산에 갇혀 기나긴 세월을 보내야 할 수 있다.

그렇다면?

지호는 바로 우보를 밟았다.

두우우우우우웅!

자신을 둘러싼 모든 공간을 정지시킨다. 결계 자체를 결박시켜 권속 아래에 강제로 둔다.

지호를 가두려던 수보리의 손길은 보이지 않는 무언가에 가로막혀 전진하지 못한다. 도리어 이대로 펴지는 게 아닐까 싶을 정도로 손가락에 단단히 무리가 간다.

그럴수록 더더욱 힘을 바짝 주어 우보를 부수고 지호를 옥죄려 하니.

그러자 지호는 우보를 옮긴다. 북두칠성의 방향에 따라 한 걸음씩 내디딜수록 우보의 영역과 장악력이 배로 증가하면서 수보리의 악력에 강한 반발을 한다.

버티는 힘과 오므리려는 힘.

어느 쪽으로도 밀리지 않고 팽팽한 접전을 자랑한다.

마지막 일곱 걸음을 내디뎠을 때 용의 비늘은 어느덧 새빨갛게 달아올랐고, 수보리의 손가락 역시 핏대가 잔뜩 서서 용암처럼 뜨거웠다.

그런 힘의 떨림이 전해진 것일까?

여태 결계 안의 일이라 별다른 인식을 못했던 세계수가 지호와 수보리를 인식했다.

세계수는 두 사람이 자신을 다치게 만들 작자라 인식을 하고 강제 추방을 선고했다.

하지만 그런데도 이데아와의 접속은 쉽게 끊어지지가 않는다.

둘 다 공간에 각인된 힘이 워낙에 거센지라 순순히 밀려나지를 않는 것이다.

물론 랜선이 끊어진 상황에서 넷을 즐길 수 없듯, 둘의 활동도 어느 순간을 기점으로 딱 멈췄으니.

그런 작은 변화는 둘에게 큰 영향을 끼쳤다.

별안간 지호가 우보를 멈춘다. 당연히 수보리의 손길이 지호를 옥죄려 결계를 덮어 버리고, 그새 지호는 여의봉을 꺼내 위가 아닌 아래를 내그었다.

촤아아아아아아악!

새카맣게 덮였던 세상이 붉은 피로 얼룩지는 것을 마지막으로, 지호는 눈을 떴다.

"헉…… 헉…… 헉……!"

언제 이데아 속에 있었냐는 듯 다시 비행기 안이다.

지호는 안대를 벗어 거칠게 숨을 몰아쉬었다.

풀린 긴장감 때문에 온몸이 축 가라앉는다. 식은땀으로 옷이 무겁다.

대체 얼마만일까.

이렇게까지 힘들게 싸운 것은.

마지막 순간에 자칫 잘못했으면 진짜 오행산에 갇혀 손오공 꼴이 날 뻔했다.

"손님? 손님, 혹시 어디 불편하신 곳이 있으신가요?"

그때 지호의 이상 변화를 알아챈 승무원이 다급하게 다가와 물어본다.

지호는 그제야 주변 사람들이 걱정과 의문 가득한 시선으로 자신을 보고 있다는 걸 뒤늦게 알아차렸다.

유명 연예인이 갑자기 발작을 일으켰으니 놀란 것이겠지.

"괜……찮습니다. 혹시 물 한 잔 부탁드려도 될까요?"

지호는 최대한 산뜻하게 미소 지으며 물었다.

승무원은 몸이 좋지 않다면 기내 약이라도 드릴까 하고 물었지만, 지호는 괜찮다면서 몇 번이고 손사래를 친 후에야 겨우 사람들의 이목을 끊을 수 있었다.

승무원이 가져다준 물을 잔뜩 들이켜고는 다시 의자에
몸을 뉘였다.

그러고는 작게 중얼거린다.

"……미치겠네."

＊　　　　＊　　　　＊

"수보리, 괜찮으십니까?"

라미는 못된 제자를 설득하러 간다면서 명상에 잠긴 수
보리가 별안간 각혈을 하자 화들짝 놀랐다.

명왕의 아바타라들이 그의 명령에 따라 속세를 돌아다
니고 있는 지금, 그가 위험에 잠긴다면 구해 줄 수 있는 건
자신밖에 없었다.

수보리는 라미의 품에 안겨 몸을 몇 번이고 부르르 떤
뒤에야 겨우 눈을 뜰 수 있었다.

안색이 파랗게 질렸다. 근육이 바람 빠진 풍선처럼 축
가라앉았다.

대체 무슨 일이 있었던 거지.

"괜찮으니 걱정 마세요. 그리 우려할 것은 되지 못한답
니다."

별것 아니라는 듯한 말투.

하지만,

"조사님!"

"아아. 결국 이리되는군요."

수보리의 오른팔이 갑자기 무언가에 뜯긴 듯 어깨에서부터 툭 떨어지더니 바닥에 널브러진다. 핏물이 잔뜩 터져 나오자, 수보리는 재빨리 왼손으로 지혈을 시켰다.

"옥죄려 하니 팔을 잘랐다, 이것인가요? 확실히 이것만큼 효율적인 방안은 없지요. 하지만 되도록 살생은 피하고 피는 보지 말 것을 그리도 주문했었는데, 정말이지 이 스승의 말을 죽어도 듣질 않는군요."

수보리는 라미가 다급하게 움직여 잘린 팔 부근에서 다시 피가 터지지 않게 상처를 봉합하고 붕대로 감는 걸 보며 작게 중얼거렸다.

라미는 붕대를 감는 내내 손길이 살짝 떨렸다.

이건 단순한 상처가 아니다.

그냥 팔이 떨어진 것이라면 아바타라를 버리고 새로운 아바타라를 얻으면 되는 것이나, 이것은 영혼에 가해진 상처였다.

진짜 수보리의 팔이 잘렸단 뜻이었다.

대체 이데아에서 무슨 일이 있었던 거지?

수보리는 부처들 모두가 인정하는 아라한이다.

석가여래의 가르침을 가장 잘 이해하고, 제멋대로이기 일쑤인 부처들을 가장 잘 어르고 달래 지휘할 정도로 명망이 높기도 하다.

파괴와 싸움에 있어서는 부처 일파 내에서 가장 자신 있다는 비서사마저도 수보리와는 충돌을 꺼려한다.

그런 이가 이렇게 다쳤다니.

제천대성이 이 정도였던가?

'그럼 어떻게 해야 되는 거지?'

본신으로도 무승부가 고작인 상황에서 권능이 엄청나게 격감하는 아바타라로 어떻게 녀석을 잡을 수 있을까. 녀석은 하계에서 유일하게 제 신위를 오롯이 뽐낼 수 있는 희귀한 경우가 아니던가.

지금이라도 당장 예지안을 돌려 자신들이 있는 곳을 찾아내 일일이 아바타라들을 제거한다면?

그때는 그들이 하계에 개입할 소지가 없어지는 것이나 마찬가지였다.

하지만 수보리는 뭐가 그리 재미난지 너털웃음을 멈추질 않는다.

"하하하하하. 이거 라미 시주께서 너무 걱정이 많으신가 봅니다."

"그것이야……!"

"너무 걱정 마세요. 모든 건 제자리를 찾아가기 마련이지 않습니까? 그리고 이번에 확실히 깨달았어요. 소승은 아직 멀었다는 것을."

"……?"

"아직 미련을 다 버리지 못했더군요. 청출어람이라는 말이 있다지요? 어찌 그리도 그 말을 내주기가 싫던지. 하하하하."

"아."

라미는 그제야 깨달았다.

수보리가 이렇게 한쪽 팔을 잃었듯, 제천대성 역시 무언가를 잃고 말았구나.

*   *   *

"저쪽은 팔, 이쪽은 눈…… 인가."

지호는 왼쪽 눈덩이를 매만지면서 이를 으득 갈았다.

한쪽 눈이 보이지가 않는다.

시력을 상실했다는 말이 아니라, 드문드문하게 비치던 예지가 보이지 않았다.

이데아, 전지의 문을 걸어 잠가 버리다니.

지호는 수보리의 팔을 빼앗아 수인을 맺지 못하게 함으

로써 녀석이 전면에 나서는 것을 막았지만, 반대로 수보리는 지호에게서 눈을 앗아가 예지를 사용해 자신들의 동향을 읽는 걸 차단했다.

덕분에 이데아를 나오자마자 녀석들의 아바타라를 사냥하려 했던 지호로서는 난관에 봉착할 수밖에 없었다.

아직 천리안이 있어 세계 곳곳을 뒤져 볼 수 있다지만, 특정 위치를 도출해 낼 수 없다면 말짱 도루묵이다. 그런 위치를 잡아 주는 것이 전지의 문이고 이데아인데 더 이상 사용하질 못하니.

서로가 하나씩을 주고받은 셈이다.

하지만 저들이 어떤 꿍꿍이를 가지고 있는지 모르니 이쪽으로서는 답답할 수밖에.

결국엔 하나밖에 없었다.

노가다를 해서라도 녀석들의 흔적을 찾아내는 수밖에.

한참 시간을 들일 생각을 하니 벌써부터 머리가 지끈거렸다.

그러다 지호는 고개를 번쩍 들었다.

예지안은 사라졌어도 신으로서의 감각은 남아 있기 마련.

뭔가가 심상치 않게 돌아가고 있었다.

중국에서 중앙아시아로 넘어가는 경계선, 파미르 고원.

드높은 크기를 자랑하지만 메마른 사막이 반쯤 뒤섞여 황량하기 짝이 없는 그곳에 홀연히 항삼세의 아바타라가 나타난다.

현대에 들어와서도 여전히 많은 사람들이 옛 전통에 따라 양을 키우고 빠오를 세우기도 하는 곳을 따라 천천히 걸어 나간다.

분명 장님인데도 불구하고 항삼세는 마치 앞이 보이는 것처럼 아무렇지 않게 길 위를 지나다가, 어느 가파른 협곡에 도착했다.

절벽을 수시로 오고 가는 산양 외에는 기척 하나 느껴지지 않는 곳.

유일하게 절벽을 따라 거대하게 새겨진 불상만이 옛날 이곳에 많은 사람들이 오고 갔음을 말해 주었다.

항삼세는 그곳에다 대고 신의 목소리로 말했다.

—일어나라.

츠츠츠.

거대 불상의 미간에 뭔가가 피어나더니 곧 감긴 눈이 살짝 열렸다.

군다리의 아바타라가 도착한 곳은 몽골에서도 저 북쪽에 위치한 어느 동토(凍土)였다.

러시아에서도 한적한 곳이라 여겨 불모지로 남긴 땅.

하지만 수목은 울창하게 많아 자원으로 쓰기에 좋은 곳이었다.

아무것도 없는 언덕을 향해,

―깨어나라.

강제로 부처의 의지를 밀어 넣는다.

이 외에도 명왕들은 수없이 많은 장소를 돌아다니면서 잊힌 신들을 일일이 깨우기에 여념이 없었다.

곳곳에서 신의 파편이며 잔상이 나타났다가 사라졌다.

*　　　*　　　*

중국 시안, 홍교사.

인도에서 수많은 불경을 갖고 왔으며, 서유기에서는 삼장 법사로 유명한 현장의 사리와 유골이 모셔졌다 하여 수많은 관광객들이 드나드는 사찰.

그런 관광객들 사이로 머리 하나는 더 큰 멀대 같이 큰 남자, 대위덕의 아바타라가 들어섰다.

흥교사는 유명한 것과는 다르게 크기가 제법 작아 삼장 법사의 제자였던 원측과 규기의 묘탑을 돌고 나면 크게 볼 것이 없었다.

하지만 대위덕은 한 자리에 못 박힌 듯 가만히 서서 멀뚱하니 구경하기 바빴다.

삼장 법사의 사리탑.

역시나 초라하기 짝이 없는 사리탑을 보다 가만히 입을 연다.

―깨어……!

대위덕이 뭐라 말을 하려는 그때,

―그만. 어찌 잠든 망자를 함부로 깨우려 드는가?

보이지 않는 뭔가가 개입하며 목소리를 깨뜨린다.

대위덕은 인상을 찡그렸다가 이내 웃으면서 고개를 위로 들었다.

"이게 누군가. 정단사자 아니신가? 오랜만이로군."

45장

동두철액

인기 아이돌이라면 공항에서부터 꽤 많은 인파가 북적대겠지만, 지호를 환영하는 사람은 매니저 말고는 없었다. 워낙에 조용히 배낭여행을 떠난 데다가 공식 스케줄이 아니라 팬들도 몰랐던 것이다.

하지만 지호는 그게 다행이라고 생각했다.

스테이지가 아니라면 사람 많은 곳은 크게 좋아하는 편이 아니라 클럽도 자주 가는 편이 아니었으니.

무엇보다 부처 일파가 조직적으로 움직이기 시작한 이때에 행동에 방해가 있으면 여러모로 불편했다.

"스케줄도 아닌데 불러서 미안하다."

"아니에요. 할 일 없이 월급만 꼬박꼬박 받아서 미안했
는데요, 뭐. 그보다 터키는 어땠어요? 거긴 많이 안 더워
요?"

매니저는 밴의 트렁크에다 캐리어를 올리고 운전대를 잡
았다.

지호는 뒷좌석에 마련된 생수 한 통을 꺼내 뚜껑을 따고
입을 갖다 대면서 대답했다.

"더운 곳은 덥고, 괜찮은 데는 괜찮지."

"볼 건 많아요?"

"나중에 카파도키아에서 벌룬은 꼭 타 봐라. 광경이 죽
이더라."

"벌룬?"

"열기구, 인마. 너 연말부터 우리 따라서 해외 투어 다
니는 놈 맞아?"

"좋은 한국말 두고 무슨. 근데 제가 갈 일이 있을까요?
터키에?"

"여행을 갈 일이 있어야 가냐? 마음먹고 가는 거지."

"그건 형이나 하시는 말씀이시고요. 저 같은 집돌이는
비행기 타는 거 자체가 고역이에요."

"너 매니저는 어떻게 하니?"

"형이 좋아서?"

"꺼져. 남자 사랑 필요 없어."

"흐흐흐흐."

이 놈도 어째 요즘 들어서 하동률을 닮아가는 것 같다. 지호는 피식 웃으면서 매니저와 시답지 않은 농담을 주고받다가 휴대폰을 켰다.

역시나 메시지가 한가득 쌓여 있었다.

—하동률: 오늘 지호 형 오신다고 하지 않았나?

—백동준: 아마 그럴걸.

—박민상: 크으으으! 우리 마녀님이 임이 오시기를 목이 빠져라 기다렸었는데.

—하동률: 이것들 보게. 목만 빠졌냐. 개념도…….

—서은영: 다들 좀 닥쳐 줄래?^^?

—하동률: 헉! 우리 마녀 화났다!

—박민상: 비상! 다들 비상! 마녀님 불따구!

—서은영: 너희들 이따 보자.

—서은영: 선배, 한국 도착하셨어요?

지호는 멤버들의 단체 채팅창을 보면서 웃어 버렸다.

터키 곳곳을 돌아다니면서도 이따금 멤버들이 오늘을 뭘 했는지 시시껄렁한 잡담 떠는 걸 보는 게 낙이었는데.

창밖에 한글 간판이며 멤버들의 우악스러운 채팅을 보니 한국에 온 게 실감이 났다. 더불어 비행기에 탄 내내 복잡했던 머리가 조금은 개운해지는 것 같았다.

　─나 한국 왔다.

지호는 채팅창에 한 줄만 남겨 놓고 휴대폰을 껐다.

매니저는 운전을 하다 말고 휴대폰에 온 메시지를 보더니 힐끔 지호를 봤다.

"그런데 형."

"왜?"

"죄송한데, 대표님이 잠깐 얼굴 좀 보고 가라고 하시는데 괜찮으세요?"

"집에 가서 짐 풀고 쉬려고 했는데."

"오늘 확정해야 할 일이 있다고 하시는데요."

지호는 아주 잠깐 고민했다.

며칠 동안 집 안에 틀어박혀 천리안만 계속 가동시킬 생각이었건만. 하지만 예지는 닫혔어도 신으로서의 '감'은 있으니 무슨 일이 생기면 즉각 반응할 수 있으리라 여겨 고개를 끄덕였다.

아바타라로만 움직이는 게 전부인 놈들의 신세로는 뭔가

할 수 있는 데에도 한계가 있을 수밖에 없을 테고.

"그럼 보고 가지, 뭐. 무슨 일인데?"

"왜 저번에 터키 가시기 전에 작업하셨던 OST 있잖아요."

"어."

"그거 관련해서라고 하시네요."

"알았어. 도착하면 좀 깨워. 나 잠깐 눈 좀 붙여야겠다."

"비행기 안에서 안 주무셨어요?"

"시차 적응이 잘 안 되어서. 좀 천천히 달려."

"예."

지호는 대충 핑계를 둘러대고는 안대를 차고 눈을 감았다.

인천 공항에서 강남까지는 한 시간이 넘게 걸릴 테니 그 동안이라도 천리안을 돌려 봐야겠다는 생각에 다시 의식을 가라앉힌다.

부처. 아바타라. 누진. 보주. 삼도천. 수보리.

골치 아픈 것들을 떠올리며 까마득한 상공에서 천천히 천리안을 활짝 연다.

마치 하늘 위에서 신이 하계를 굽어다 보듯이, 까마득한 우주를 등진 곳에서 개미처럼 아주 조그마한 지구를 내려다본다.

하지만 아주 먼 곳에서 아래를 내려다보는데도 불구하고 지상은 바로 코앞에 있는 것처럼 훤하게 보인다.

이미 비행기 안에서 몇 번이고 되풀이했던 광경.

그래도 다시 뭔가를 찾을 수 있을까 싶어 뒤적거린다.

놈들이 뭔가를 행동한다면 그건 아마도 저승의 문을 여는 것과 관련이 있을 테니 크게 티가 나지 않을 수 없다. 하지만 그 전까지는 아바타라에 숨어 최대한 몸을 숨기려 할 터.

그렇다면 당장 지호가 할 수 있는 것은 세계수에서 얼핏 엿보았던 라미와 명왕의 아바타라들이 있던 회동 장소를 찾는 거였다.

물론 녀석들도 바보가 아닌 이상에야 한 번 노출된 위치를 또 쓰려 하지는 않을 테지만, 그래도 자그마한 단서라도 잡을 수 있으면 뒤를 쫓기 어렵지 않았다.

'문제는 거기가 어딘지를 도통 알기가 힘들다는 건데.'

남섬부주는 아주 넓다.

이런 넓은 세상에서 주어진 거라고는 짧은 단편적인 기억밖에 없는 상황에서 특정 위치를 도출해 내라는 건 모래사장에서 바늘 찾기와 다를 게 없다.

그래도 혹시나 하는 생각에서 잔잔하게 흐르는 신의 흔적을 쫓고 또 쫓았다.

보이지 않는 눈이 지구를 몇 바퀴씩이나 돌아다녔다.

＊　　　＊　　　＊

끼익.

"도착했어요, 형."

"어. 고맙다."

지호는 밴에서 내리면서 눈덩이를 손으로 문질렀다.

'결국 또 못 찾았네.'

너무 천리안에 집중해서일까.

안구에서부터 뇌신경까지 두개골 안쪽이 찌릿찌릿하다.
두통이 영 가시질 않았다.

'이것들 대체 어디로 숨은 거야?'

제아무리 부처라도 아바타라는 아바타라에 불과할 텐
데. 이렇게 신의 눈길을 피할 정도라니.

그래도 소득이 전혀 없는 건 아니었다.

'몽골 지역에 뭔가 있는 것 같던데.'

그건 아주 우연한 발견이었다.

이제는 사람 하나 발견하기 힘든 스텝 지역을 따라 잔잔
하게 남았던 잔향(殘香).

그건 분명히 언제나 부처를 따라 감도는 연꽃의 냄새 혹

은 향의 냄새와 비슷했다. 다만, 문명의 혜택도 크게 닿지 않은 곳이 저승의 문과 어떤 관련이 있는지는 전혀 짐작도 가지 않았지만.

그래도 단서를 찾았으니 되짚어 가면 머지않아 꼬리를 잡을 수 있을 터였다.

"어디 아프세요, 형?"

잠시 고민에 잠긴 동안 매니저가 조심스레 묻는다.

"아냐. 아냐. 괜찮아."

지호는 손사래를 치고 고개를 들었다.

청담동에 위치한 대형 사옥.

'Triple—J'라 적힌 간판 위로 소속 연예인들의 현수막이 크게 걸려 펄럭인다. 그중에는 지호와 밴드 멤버들의 현수막도 같이 있었다.

지호는 몇 번이고 봐도 지루하지 않은 현수막을 보다가 사옥으로 들어섰다.

띵.

엘리베이터가 도착하면서 맑은 종소리와 함께 문이 좌우로 열린다.

복도를 살짝 꺾으니 대표실이 보였다.

마침 대표실에서 나오던 정 실장과 눈이 마주친다.

"오셨어요? 안 그래도 대표님이 기다리고 계세요."

"안에 계세요?"

"네. 그런데 조금 바빠 보이시네요."

그러면서 정 실장은 한쪽 눈을 찡긋거린다. 비서도 겸하는 그녀의 입장에서는 너무 대표를 괴롭히지는 말아 달라는 뜻이다.

서은영이 봤으면 여우가 꼬리를 친다고 도끼눈을 뜰 테지만, 지호는 별다른 감흥 없이 웃으면서 고개를 끄덕이고는 문을 열고 대표실로 들어갔다.

대표실이라 하기엔 작고 소박한 공간.

차 대표는 안쪽에서 누군가와 통화 중이었다.

"그래. 이미 그 부분에 대해서는 저쪽 바이어와 논의가 끝났어. 그러니까…… 어. 알았어. 지금 사람이 와서. 그래 자세한 건 메일로 부탁할게."

차 대표는 지호가 들어온 걸 확인하고 통화를 끊으면서 반갑게 지호를 맞았다.

"이게 누구신가! 너무 비싸서 얼굴 한 번 보기 힘든 슈퍼스타가 아니신가!"

"비꼬지 마십쇼."

"비꼬긴! 팬들이 들으면 내 머리통이 날아갈 소리를! 나는 그냥 대표나 되는 작자도 참 보기 힘든 소속 연예인한테

고충을 어필하는 건데?"

차 대표의 생글생글 웃는 모습에 지호도 피식 웃고 말았다.

이 사람, 언제나 느끼는 거지만 참 붙임성 좋다.

그래서 사석에서는 호형호제를 하곤 했다.

"여행은? 재미있었어?"

"예. 볼 만하던데요. 볼 것도 많았고."

"그래도 몸 좀 조심해서 다녀. 안 그래도 중동 쪽에 분위기가 영 안 좋더라. 얼마 전에는 앙카라에 테러까지 났었다. 그때 너랑 연락이 안 돼서 얼마나 식겁했는지 알아? 팬카페도 엄청 시끄러웠다고."

소호 금천을 만나고 있을 때를 이야기하는가 보다.

지호는 웃기만 했다.

차 대표는 미간을 찌푸렸다.

"웃을 일 아니라고, 자식아. 그러니 사람이 연락을 하면 바로바로 받아. 알간?"

"예. 알겠어요. 그때 못 받은 건 잠시 배터리가 다 되어서 그런 거예요."

"난 혹시 네가 또 저번처럼 시리아나 이런 곳으로 넘어가지 않을까 진짜 걱정했다."

시리아에 갈 예정이었다는 말은 죽어도 못하겠네.

"제가 무슨 앱니까? 알아서 잘할게요."

"물가에 내놓은 애 같으니까 그러지. 겉으로 보기엔 요즘 들어 딱 철들었다는 느낌이 드는데, 그래도 어디로 튈 줄을 모르니. 너 여자 있는 건 아니지?"

"없어요. 그런 거."

"그런데 왜 그렇게 자꾸 밖으로 싸돌아다녀?"

"그러게요?"

"하여간 능글맞기는. 네 관리는 네가 알아서 잘하겠지만, 그래도 외국 나가서 파파라치들 좋아할 만한 거 찍히지는 마라."

고개를 절레절레 흔드는 차 대표를 보면서 지호는 가볍게 웃으면서 물었다.

"걱정 마세요. 그보다 하실 이야기 있으시다면서요? 저 집에 가서 좀 쉬고 싶은데."

"좀 있어 봐. 이것아. 성격 급하게 왜 그래?"

차 대표는 툴툴 대면서 눈을 가늘게 좁혔다.

"너 다음 달에 일주일 정도 시간 비울 수 있겠어?"

"일주일이요?"

지호는 모든 스케줄이 머릿속에 선명하게 떠올랐지만 잘 떠오르지 않은 척하면서 휴대폰을 꺼내 스케줄을 확인했다.

"별다른 일이 없기는 한데…… 그래도 저 연말까지는 쉬기로 되어 있었잖아요?"

"그렇긴 한데. 너 꼭 보고 싶다는 사람이 있어서."

"……?"

"너 터키로 가기 전에 마지막으로 작업했던 OST 기억 해?"

"아, 안 그래도 아까 그 얘기 들었어요. 그게 왜요?"

서은영과 듀엣으로 불렀던 중국 영화 OST.

"그쪽에서 OST가 너무 마음에 든다고. 영화 분위기에도 너무 잘 어울린다고 난리야. 이미 저쪽에서 있었던 시사회도 꽤 성공했던 모양이고."

그러고 보니 지금쯤이면 개봉을 할 시기였지?

차 대표는 폰을 뒤적이더니 기사를 보여 주었다.

「대륙의 기적, 서리. 그 한계는 어디인가?」

「칸 영화제 경쟁 부문 초청, 서리. OST도 덩달 아…….」

「중국 가요 차트 1위 달성, 겨울이 부는 밤.」

「서리의 여주, 천밍위에의 노골적인 유혹. "때가 되면 같이 듀엣을······."」

"네가 OST 줬던 영화. 이번에 제대로 떴어. 이미 외국 30여 개국에 수출이 완료되었고. 특히 그중에서 네 노래 때문에 영화를 봤다는 사람까지 있을 정도야."

지호의 눈이 살짝 커진다.

차 대표는 잔뜩 흥분한 기색이 역력했다.

"덕분에 저쪽 제작사 측에서 다음 달에 우리나라에 시사회를 돌 때에 너도 같이 참여할 수 있겠냐고 부탁해 왔다. 배급사에서도 널 콕 집었고. 이번 기회, 잘 잡으면 중국에 진출하는 데도 크게 도움이 될 것 같은데. 어쩔래?"

지호는 피식 웃어 버렸다.

이미 대답은 정해진 것이 아닌가.

*　　　*　　　*

"대표님이랑 이야기는 잘 되셨어요?"

"어. 그럭저럭. 집까지 부탁할게."

"예입!"

지호는 어느 때나 활기찬 매니저를 보면서 밴에 올랐다.

오늘 나눴던 이야기들, 애들이 들으면 어떤 표정을 지을까?

아주 좋아할 테지.

벌써부터 입꼬리가 귓가에 걸릴 멤버들을 떠올리니 자기도 모르게 웃음이 절로 나온다.

그토록 바라 마지않던 음악 쪽의 일은 너무 순조롭게 잘 풀린다. 딱히 신의 힘을 빌리거나 예지를 부려 승승장구하는 길을 택한 게 아닌데도 불구하고. 마치 누군가가 도와준 것처럼 탄탄대로다.

'만약 나은도 같이 볼 수 있었다면…….'

문득 그런 생각을 하다가 가볍게 쓰게 웃어 버린다.

신의 길을 걷는다는 녀석이 되도 않은 걸 바랄 줄이야.

그렇게 머리를 털며 밴에 오르려는데,

찌릿.

지호는 뭔가 뇌리를 쑤시는 통증에 고개를 번쩍 들었다.

8차선 차도 위의 녹색 도로 표지판 위.

유령처럼 살짝 투명한 모습을 한 남자가 멀뚱히 서서 주변을 두리번거리고 있었다.

남자가 입은 복장은 조금 특이했다.

분명 멋들어진 비단옷을 입었다. 아주 오랜 옛날에 입었을 법한 옷. 허리춤에는 청동 단검이 잔뜩 꽂힌 혁대를 두르고, 목에는 묵직한 늑대의 가죽을 두른 채다.

웬만한 사람 머리통보다도 훨씬 큰 늑대의 머리통은 주둥이를 크게 벌린 채로 남자의 머리에 이어져 있었다.

가죽과 비단옷이 매치된 특이한 복색.

특히 눈동자는 늑대를 닮아 날카로운 것 같으면서도 시바견 같이 호기심 가득한 눈빛도 담고 있다.

표지판에 우두커니 서서 두 눈을 동그랗게 뜬 채 주변을 두리번거리고, 발밑으로 지나는 사람들이 손에 신기한 물건을 들고 있으면 시선이 저절로 따른다.

그 모습이 마치 내내 목줄로 묶여 있다가 마당에 풀어놓은 덩치 큰 개를 떠올리게 했다.

남자는 투명해지다가도 다시 짙어지기를 반복하면서 금방이라도 형체를 갖출 듯했다.

인도를 걷던 사람들 중에도 몇몇은 잠시 걸음을 멈추고 위쪽을 보며 고개를 갸웃거린다. 뭔가 본 것 같은데 보이지 않으니 의아해하는 투다.

지호는 남자가 누군지 알 것 같았다.

잊힌 신.

분명 세상에 녹아 잠들어 있어야 할 존재가 왜 여길 돌아다니는 거지?

여태 지호가 깨웠던 존재들은 지호에게 신업을 남기고

다시 눈을 감았기 때문에 그들의 존재를 잊으려야 잊을 수가 없다.

하물며 저 사람은 지호가 처음 보는 존재.

그럼 어떻게 일어난 걸까?

'부처.'

지호는 아바타라들의 흔적을 찾았다는 생각을 하면서도 그들이 왜 잊힌 신들을 깨웠는지 영문을 알 수가 없었다.

그러나 이유가 어찌 되었건 간에 잊힌 신을 방황하게 저대로 내버려 둘 수는 없다.

'일단 잡아야 해.'

목적 없이 깨어난 존재들은 혼란을 겪을 수밖에 없다.

이곳은 그들이 살던 곳과는 전혀 다른 세상이니까.

물론 한때 신이나 되었던 작자들이 그리 쉽게 혼란을 겪을까 싶을 수도 있다.

하지만 저들은 신이되 신이었던 존재의 일개 파편에 지나지 않는 바. 눈을 감았을 당시에 강한 원념을 품고 있었다면 원령으로 타락해도 이상하지 않다.

아니, 그런 걸 떠나서라도 호기심에 제 능력을 깨우기라도 한다면?

언제든지 사고가 벌어질 수밖에 없다.

그래서 지호도 언제나 잊힌 신들을 깨울 때면 주변을 정리하고 그를 이해하기 위해 많은 대화를 하려 했다.

그때 남자가 한창 주변을 두리번거리다 말고 무엇을 본 건지 눈을 동그랗게 뜨더니 씩 웃는다.

팟!

무릎을 살짝 구부리더니 단숨에 허공으로 튀어 오른다. 궤적을 그리면서 8차선 차도 위를 아주 가볍게 지난다.

저대로 풀어 둘 수 없는 노릇이다.

"호야. 나, 위에 뭐 좀 두고 왔는데 잠깐만 기다려."

"예? 그러실 거 같으면 제가 다녀올……."

"아냐. 중요한 거라서 그래."

지호는 매니저에게 먼저 밴에 오르라고 한 뒤에 건물에 들어가는 척하면서도 축지를 밟았다.

그를 둘러싼 공간이 순간 바뀌면서 곧 발아래로 8차선 도로가 나타난다.

지호는 타인의 눈에 띄지 않도록 선술로 비가시화(非可 視化)한 뒤에 남자를 쫓아 움직였다.

어느 3층 상가 옥상.

남자는 옥상 난간에 쭈그리고 앉아 어딘가를 가만히 뚫 어져라 주시하고 있었다.

지호는 그 뒤에 가만히 착지했다.

탁!

흠칫. 남자는 갑작스러운 인기척에 등을 쭈뼛 세워 뒤를 돌아보았다. 지호와 눈이 마주친다.

남자의 눈가로 뭔가가 일렁인다.

「내가…… 보이나?」

지호는 고개를 끄덕였다.

"예. 당신은 누구십니까? 어떻게 이곳에 오시게 되셨는지요?"

「나? 나는…….」

남자가 입을 열어 뭐라고 말을 하려는데,

꼬르르륵.

갑자기 배에서 이상한 소리가 들린다.

지호는 허기를 느끼지 않은 지 꽤 오래되었다. 주변에는 두 사람 말고 아무도 없다. 그럼 대체 어디서 소리가 나는 거지?

꼬르르르르르르륵.

지호의 눈이 커진다.

남자가 계면쩍은 얼굴로 배를 쓰다듬고 있었다.

신이, 그것도 파편이 허기를 느낀다고?

처음 보는 현상에 놀라는데, 남자가 입맛을 다시면서 볼을 긁적인다.

「이거 아무것도 못 먹었더니. 추태로구먼.」

그러다 씩 웃으면서 뒤쪽을 가리켰다.

「그러니 추태 좀 더 부리겠네. 혹시 저거 좀 얻어먹을 수 있겠나?」

여태 남자가 보고 있던 곳.

족발집이었다.

「호오오오! 세상에 이런 맛이 있다니. 참으로 세상이 바람직한 방향으로 변했구먼. 좋구나, 좋아. 음음!」

남자는 아예 자리를 잡고 앉아 뼈다귀를 쥐어뜯으면서 만족에 찬 얼굴로 고개를 크게 주억거린다. 이미 현신(現身)을 시도하는 육체는 어느 정도 굴곡을 갖춰 가기까지 한다.

그런데 그 모습이 마치 뭔가를 떠올리게 했다.

'……개 같네.'

욕설의 의미가 아니라 정말로 '개' 같았다.

커다란 눈을 끔뻑이면서 살점이 다 떨어져 나간 뼈를 잘근잘근 씹어 대는 모습이, 시골에 계신 외할아버지가 마당에 키우는 강아지를 보는 것 같았다.

그 녀석도 뼈다귀를 주면 참 좋아했었지.

남자가 딱 그랬다. 하지만 그러면서도 언뜻 들판을 뛰어다니는 늑대처럼 흉포한 기세가 느껴지는 게 참 신기할 따름이었다.

남자는 3인분이나 주문한 족발이 벌써 바닥을 보이자 손바닥에 묻은 기름을 혀로 핥으면서 입맛을 쩝쩝 다셨다.

영 미련이 남은 투다.

그러다 족발과 함께 가져온 쟁반국수를 보고는 이게 뭐냐는 얼굴로 물끄러미 쳐다본다.

지호는 피식 웃으면서 쟁반국수를 담은 비늘을 뜯어 나무젓가락과 같이 줬다.

하지만 남자는 젓가락으로 두어 번 국수를 집으려다가 자꾸 실패하자 짜증이 났는지 바닥에다 아무렇게나 버리고는 접시 째로 들어 음식을 입 안에 쏟아부었다.

우물우물. 볼을 빵빵하게 해서 쟁반국수를 먹는 모습이 꼭 시바견을 닮았다.

눈을 동그랗게 뜨면서 맛을 음미하는 게, 나이 먹은 아저씨가 이렇게 귀여울 수도 있구나 하는 생각이 들었다.

지호는 피식 웃으면서 가져온 음료 페트병의 뚜껑을 따고 종이컵에다 콸콸 따라 내밀었다.

"이것도 한 번 드셔 보십시오."

「이건 뭔가?」

남자는 종이컵을 조심스레 받더니 눈으로 이모저모를 살피다 코를 갖다 대 킁킁 하고 냄새를 맡는다.

톡 쏘는 탄산 때문인지 살짝 미간을 찌푸린다.

"음료수입니다."

「음료수? 이 시대의 감주 같은 것인가?」

"비슷합니다."

「생긴 건 시커먼 게 먹물 같고 냄새도 고약한데. 흠.」

남자는 잠깐 고민을 하다가 조심스레 입을 붙이며 꿀떡 마셨다.

풉!

그러다 톡 쏘는 맛 때문에 음료를 살짝 뿜었다.

켁, 켁, 사레가 들렸는지 주먹으로 가슴을 두들기기까지 한다.

지호는 그런 모습이 귀여워 자기도 모르게 웃음을 터뜨리고 말았다.

남자가 늑대처럼 인상을 구기며 그런 지호를 잔뜩 노려본다.

「크음! 지금 날 독살이라도 할 셈인가? 별 이상한 걸 들고 와서⋯⋯!」

"톡 쏘는 맛이 이상할지 몰라도, 참고 한 번 드셔 보십시오. 제가 설마 이상한 짓을 할까 봐요?"

「으으으으음.」

남자는 여전히 찡그린 얼굴로 지호와 종이컵을 번갈아

보다가 뭔가 다짐한 얼굴로 단숨에 콜라를 잔뜩 들이켰다. 그 모습이 꼭 사약을 마시는 대역죄인 같다.

크으……!

남자는 자기도 모르게 그런 소리를 냈다가 곧 눈을 휘둥 그렇게 떴다. 톡 쏘는 맛이 이상하게 입에 착착 감겼다.

지호는 그럴 줄 알았다는 듯 씩 웃으면서 다시 종이컵에다 콜라를 따랐다.

꿀떡꿀떡, 따라 주는 족족 계속 들이켜다가,

꺼어어억.

나중에는 트림까지 한다.

당연히 남자는 휘둥그레진 눈을 하고, 지호는 연신 웃음을 그치지 않는다.

모든 걸 신기해하는 반응이며 호기심 가득한 모습이 정말 외갓집에서 키우는 개를 보는 것 같지 않은가.

그래도 계속 이대로 붙잡고 있을 수는 없지.

지호는 웃음기를 살짝 지우면서 물었다.

"반호. 맞으십니까?"

남자는 콜라 페트병을 뚫어져라 주시하다 말고 화들짝 놀라 고개를 든다. 아주 오래간만에 자신의 이름을 들으니 놀란 눈빛이다.

「으음? 내 이름이 이곳에 남아 있었던가? 신기한데?」

반호.

상고 시대를 다스리던 여러 왕 중 하나였던 고신은 어느 날 이웃이었던 견융과 전쟁을 치러 패색이 짙게 되었다. 이때 고신은 견융의 왕인 방이를 잡아 오는 이에게 미색이 아름다운 자신의 딸을 주어 사위로 삼겠노라고 선언하였고, 이에 늑대 한 마리가 방이의 머리를 물고 와 바쳤다고 한다.

하지만 왕의 사위 자리를 한낱 늑대에게 줄 수는 없는 법. 여기에 고민을 하던 왕은 그럼에도 절대 거짓말을 해서는 안 된다며 공주를 늑대에게 시집보냈고 그녀는 어느 산골에서 6남 6녀를 낳게 되니, 이 늑대를 바로 반호라 한다.

물론 실제로 늑대는 아니었던 듯하다. 다만, 늑대라 착각이 들 정도로 강한 야성이 풍기는 야인(野人)이었다.

"저 역시 부족하나마 당신과 같이 신의 길을 걷고 있습니다."

남자는 지호를 위아래로 훑더니 고개를 끄덕였다.

「낯은 분명 못 보던 후배시로구만?」

"오른 지 얼마 되지 않았습니다."

「그런데 영(靈)은 어딘지 낯이 좀 익은데?」

"그럴 수도 있을 겁니다."

「음?」

남자는 그게 무슨 소리냐는 얼굴로 고개를 갸웃거린다.

그러다 이유를 짐작하고 피식 웃어 버린다.

「그렇군. 자네도 나와 비슷한 처지였던 건가.」

자신은 그저 잊힌 것이지만, 지호는 어쩌다 윤회의 고리에 떨어진 것이라 여겼다.

"그런데 반호께서는 어떻게 깨셨습니까?"

「나 말인가? 흠! 그러게 말이야. 나도 도통 그걸 모르겠어. 안 그래도 자네에게 그걸 묻고 싶었거든. 대체 나는 왜 여기에 있는 겐가?」

반호는 끙, 하고 앓는 얼굴로 고개를 갸웃거렸다.

「자네가 깨운 게 아니었나?」

"아닙니다. 기억이 없으십니까?"

「그래. 없다네. 그냥 정신을 차리고 보니 이상한 쇠 마차들이 쌩쌩 달리는 도로 한가운데였지.」

"주변에 사람은요? 혹시 수상쩍은 사람은 없었나요?"

「갓 눈을 떴을 때는 너무 정신이 없어서…… 이리저리 방황하던 탓에 뭐가 있었는지 영. 사실 자네를 만나기 직전에도 머리가 너무 어질어질했었다네.」

"깨신 위치는 기억하십니까?"

「미안하구만.」

지호는 턱을 가만히 짚으면서 생각했다.

'알 수 있는 게 너무 없어.'

예지안이 있었다면 반호를 따라 흐르는 사념을 더듬어 가면 될 것인데.

전지의 문이 잠기면서 가능성의 폭이 너무 좁혀졌다.

하지만 반호를 만나면서 몇 가지는 확실해졌다.

부처 일파가 잊힌 신들을 깨우고 있다는 것.

이유는 모른다.

누군가를 찾기 위해 잊힌 신들을 깨우는 것일 수도 있고, 그렇게 잊힌 신들을 깨우다 보면 저승의 문이 열릴 방법이 생기는 것일 수도 있다.

아니면,

'단순히 나를 자극하기 위해서?'

어쩌다 보니 지호는 다른 신과 부처로부터 간섭을 받지 않기 위해 하계를 보호하는 역할이 되어 버렸다. 그런 그를 흔들다 보면 저승 문의 열쇠를 얻을 수 있을 거라는 생각을 했을지도 모른다.

'아냐. 그렇게 단순히 움직일 사람들이 아니야.'

지호는 고개를 털었다.

저들에게는 예지를 볼 뿐만 아니라 묵시까지 내다보는 수보리가 있다.

가진 지식만 따진다면 석가여래에 비견된다는 그가 이런 얄팍한 수를 쓸 리가 없을 터.

'그래도 일단 단서를 잡았으니 여기서부터 시작해야 하나?'

지호는 예지안으로 점지해 뒀던 잊힌 신들의 위치를 떠올려 봤다. 다행히도 이곳 남섬부주에 남은 파편의 흔적들은 그가 잘 알고 있었으니까.

"이곳에 이렇게 계셔도 돌봐 주는 이 하나 없어 재미도 없으실 겁니다. 이대로 성불하시겠습니까, 아니면……."

늘 잊힌 신들을 대할 때마다 묻던 질문.

하지만 간혹 여기엔 문제가 있었으니,

「그건 좀 싫네만.」

다시 영면에 들기를 거부하는 경우.

반호가 씩 입꼬리를 말아 올렸다.

「미안하군.」

보통 신들은 미련을 두지 않는다.

이미 모든 업을 털어 버리고 세상과 하나가 된 존재들이 아닌가.

한낱 망령처럼 격이 떨어지게 구질구질하기보다는 덧없는 세월에 슬픔을 느끼면서도 아름다운 세상을 더 아름답게 가꾸는 방향을 택한다.

하지만 간혹 가다가 그런 경우가 있다.

그들을 둘러싼 신화가 비극으로 치닫는 경우.

「나는 찾아야 할 사람이 있다네.」

반호가 그런 경우였다.

늑대의 모습을 한 반호는 공주와의 사이에서 많은 자식을 보았으나, 자식들에게 자신이 아버지란 사실을 밝히지는 않았다.

때문에 자식들은 그를 단순한 사냥개 정도로만 여기다, 끝내 그가 늙어 쓰임새가 다하자 물에 빠뜨려 죽게 만들었다. 그때서야 공주는 눈물을 흘리면서 자식들에게 그가 아버지였단 사실을 알려 줬다고 한다.

지호는 눈을 가느다랗게 좁혔다.

"자식을 찾으려는 것입니까?"

「비슷하다네.」

"이미 그들은 이 세상에 없습니다."

「알고 있네.」

"윤회의 고리에 녹아 다른 모습으로 환생했을 것입니다."

「그 또한 잘 알고 있다네.」

"하면 찾는다 한들 무의미하지 않겠습니까?"

「그래도 한 번이나마 멀리서라도 보고 싶다네.」

반호는 씁쓸하게 웃었다.

「아이들에게 너희들의 잘못이 아니라 말해 주고 싶어.」

그러면서 지호를 보며 묻는다.

「날…… 도와줄 수는 없겠나?」

"안 됩니다. 섭리에 어긋나지 않습니까?"

지호는 단호하게 고개를 저었다.

지호는 이따금 잊힌 신들을 깨울 때면 그들이 동요하지 않고 현실에 적응할 수 있도록 도와줬다. 그리고 그들이 미련을 갖고 있을 경우 풀어 주려 하며, 그것이 힘들다면 최선을 다해 설득을 했다.

교분을 나누고, 그들의 남은 업을 풀어 줬다.

그들로 하여금 마지막까지 남았을지 모를 미련을 덜어 내어 이 세상에 융화될 수 있도록 도와주기 위해서였다.

하지만 거기에도 한 가지 선을 그었다.

신은 이 세상을 구성하는 톱니바퀴.

그런 부속품인 톱니바퀴가 세계라는 전체 구조물을 망가뜨리려 한다면 놔둘 수가 없었다.

반호가 지금 바라는 게 그런 것이었다.

오래전에 눈 감았을 자식들이 보고 싶다?

이는 여러 번의 윤회를 거쳐 전혀 다른 사람이 되었을 존재를 붙잡아다 까마득한 전생을 떠올리게 만든다는 뜻이 아닌가.

그래서야 혼란밖에 벌어지지 않는다.

하늘의 것은 하늘로. 땅의 것은 땅으로.

손오공이 지호의 심장에다 단단히 새긴 한 마디는 절대 예외가 생겨서는 안 되는 것이었다.

「……역시 그렇겠지? 그렇다면.」

반호는 씁쓸하게 웃더니 갑자기 태도를 돌변했다.

귓가까지 쭉 찢어진 입술 사이로 송곳니가 번뜩인다. 두 눈이 야성에 젖어 붉게 달아오른다.

「나라도 혼자 날뛸 수밖에!」

콰아아아아아아아아앙!

반호가 바닥을 거세게 박찬다.

건물이 금방이라도 무너지는 게 아닐까 싶을 정도로 크게 흔들린다. 번뜩인 송곳니가 잔혹하게 지호의 목덜미를 물어뜯기 위해 달려든다.

분명 방금 전까지만 해도 사라질 듯 말 듯한 영체(靈體)였건만.

정말 족발을 먹고 기력이라도 찾은 것인지 흐릿했던 몸은 이미 형체를 거의 갖춰 다리의 윤곽도 완성된 뒤였다.

그 때문에 각력은 대단했다.

사람들이 늑대라 착각하는 게 이상하지 않을 정도로 매

섭다.

단숨에 지호가 있는 곳으로 달려와 구부린 손톱을 거세게 휘두른다.

하지만 이미 그의 움직임을 읽고 있던 지호는 침착하게 손날을 세워 몸을 측면으로 틀었다.

팟!

손날에 휘감긴 금색 광휘가 칼날처럼 뻣뻣한 날을 드러내면서 반호를 사선으로 쪼갠다.

반호는 달려오다 말고 흠칫 놀라 본능적으로 몸을 뒤로 물렸다.

좌아아아아아악!

옷깃이 찢어지면서 맨살이 드러난다. 빛이 지난 자리에는 상처가 깊게 나 핏물 대신에 투명한 영기가 튀어 올랐다가 사그라진다.

탁!

반호는 한참이나 몸을 물린 상태로 뒤쪽에 있던 상가 지붕에 착지했다.

「큭……! 빛의 신이었나?」

반호는 상처를 따라 영혼을 파고드는 광휘의 잔재를 매만졌다.

따끔거린다. 찌릿한 것이 조금 아프다.

이런 불완전한 몸으로 '통증'이란 걸 느낄 수 있다니.

그제야 반호는 지호와의 격 차이를 알 수 있었다.

신의 힘을 되찾으면 모를까, 아니, 되찾는다 하더라도 과연 이길 수 있을까 싶은 상대다.

이번에는 운이 좋았을 뿐. 다시 부딪친다면?

'필시 죽겠지.'

반호는 자신의 한계를 아주 명확하게 잘 알고 있다.

그렇다면 남은 방법은 하나.

줄행랑.

쐐애애애애애애애액!

판단이 끝난 반호는 공격을 피했을 때처럼 다시 몸을 한참이나 뒤로 물렸다.

지호가 움직인 것도 바로 그쯤이었다.

쉬시시시시시시식!

손날로 허공을 그어 낼 때마다 금색 광휘가 초승달 모양으로 응축되면서 비산한다. 공간을 가르고, 쪼개고, 부수면서 단숨에 반호를 광휘로 이뤄진 미로 속에 가둬 버린다.

반호는 어떻게든 금색 미로를 탈출하려 허공에서 몇 번이고 몸을 뒤틀어 댔다.

다행히도 움직이면 움직일수록, 의념이 강해지면 강해

질수록, 의식이 또렷해지면 또렷해질수록 영체도 점차 뚜렷해졌다. 그리고 어느덧 완성된 육체를 갖춰 신으로서의 권능도 일부 되찾을 수 있었다.

반호의 신위는 야성.

당연히 날래기로는 과거 수미산에서도 다섯 손가락에 꼽혔던 바.

금색 광휘가 거미줄처럼 촘촘하게 얽혀 오는 가운데에서도 어떻게든 탈출하는 데 성공했다.

퍼어어어어어어엉!

기력을 강하게 터뜨려 광휘의 미로 중 일부를 뚫었다. 당연히 금색 물결이 단숨에 빈 공간을 메우려 하지만, 반호는 어느덧 그곳으로 몸을 밀어 넣었다.

하지만 미로를 완전히 빠져나오지는 못해서,

촤아아아아악!

마지막 순간에 왼쪽 팔이 허공으로 둥실 떠올랐다.

「……비싼 값을 치렀군.」

반호는 날카로운 발톱을 잃은 걸 애석해했지만 대신에 그 틈을 놓치지 않고 탈출하는 데 성공했다. 어느새 오른손으로 공간을 갈라 축지를 시도해 다른 곳으로 자취를 감춰 버렸다.

쉭!

반호가 사라진 자리.

잡으려던 존재를 놓쳤으니 응당 당황해하거나 뒤를 쫓아야 하는데도 불구하고, 지호는 아주 잠깐 제자리에 서서 반호가 떠난 자리를 가만히 주시했다.

"······갔나?"

지호는 작게 중얼거리더니, 휴대폰을 꺼내 어디론가 전했다.

철컥.

"응. 미안한데, 짐 좀 옮겨 줄래? 나 급한 약속이 생겨서."

지호가 통화를 끝내고 휴대폰을 내렸을 때는 두 눈이 화안금정으로 물들어 있었다.

"성아."

─응응! 나만 믿어!

지호는 곧 천리안을 따라 축지를 밟았다.

*　　　*　　　*

반호가 열심히 건물 위를 내달린다.

두 팔을 땅에 붙이며 네 다리로 달리는 모습은, 마치 황량한 들판 위를 달리는 늑대처럼 보인다. 하지만 뒤를 힐

끔힐끔 쳐다보는 것이 어떻게 보면 누군가에게 쫓기는 것처럼 보이기도 했다.

'제길……!'

반호는 최대한 감각을 되살리고 또 되살리면서 지호가 쫓아오는지 안 오는지를 확인했다.

분명 안 잡히는 걸 알면서도 상대가 절대 만만하지 않다는 걸 알기 때문에 안도를 하지 못한다. 그러다 아랫입술을 질끈 깨물었다.

'너에게는 미안하다.'

지호가 왜 자신을 성불시키려 했는지는 아주 잘 안다.

자신은 신이 아닌, 신이었던 어떤 존재의 파편.

당연히 존재하는 것만으로도 세상에 혼란을 야기한다.

하지만,

'나에게는 반드시 해야만 하는 일이 있다.'

두 눈이 빨갛게 달아오른다. 입가에 단내가 흘러나오면서 의식이 또렷해진다.

'반드시. 반드시……!'

눈을 감기 직전까지 가슴에 사무친 회한이 있었다.

그걸 풀고 싶었다.

설사 그것이 어리석은 행동일지라도…….

그러기 위해서는 다시 신이 되어야만 한다.

삼라만상을 건드리고, 세계수와 윤회의 고리를 엿볼 수 있는 신이.

한낱 파편으로 전락한 그가 해낼 수 없는 분야의 것이었지만, 다행히 그에게는 방법이 있었다.

그러니 어떻게든 지호가 자신을 따라잡기 전에 해내야만 했다.

'분명 이곳이랬지?'

반호는 머릿속을 맴도는 한 가지 상념을 떠올렸다.

의식이 어느 정도 자리를 잡았을 때부터 울리던 외침.

'북쪽의 숲을 찾으라. 그리하면 미련을 털 수 있을 것이다.'

반호도 바보가 아닌 이상에야 그 울림은 누군가가 자신을 이용하려 하는 수작이라는 걸 잘 안다.

하지만 권능을 잃었다고 한들 감각까지 잃은 건 아니다.

이 말은 진실이었다.

만약 자신의 생각이 맞다면 머릿속의 울림과 함께 머릿속에 저장된 장소는 '그곳'이 틀림없을 것이다.

자신을 다시 신으로 되돌려 줄 수 있는 장소.

아니, 성소(聖所)!

쐐애애애애애애액!

그렇게 빛줄기가 되어 얼마나 달렸을까.

탁!

반호는 어느 장소에서 멈췄다.

황량하기 짝이 없는 초원. 그 위로 **빽빽하게** 들어선 침엽수림.

인적 하나 발견하기 힘든 곳이지만, 반호에게는 전혀 다르게 보였다.

뜨거우면서도 삭막한 바람, 그리고 짙은 마기가 흩날리는 곳으로. 자신들을 깨운 놈들이 머릿속에 저장한 곳의 모습과 똑같았다.

"이곳이라면……!"

반호는 주먹을 꽉 쥐면서 안쪽으로 발길을 들였다.

옛 태양이 잠든 곳, 등림으로.

태양과 관련된 전설은 전 세계적으로 아주 많다.

태양은 하늘에 홀로 떠서 세상을 밝히고 만물을 풍요롭게 비추는 존재.

당연히 예부터 사람들은 태양을 숭상했다.

태양신의 아들 파라오나, 예술과 해를 주관하는 아폴론, 기독교의 야훼나 불교의 비로자나불도 빛을 상징하는 대표적인 예였다.

하지만 그에 못지않은 신화도 아주 많으니.

가까이는 지호의 신위가 그러했으며, 열 개의 태양 중 아홉 개를 떨어뜨렸다는 이예를 꼽을 수도 있을 것이고, 더 멀리 간다면 지는 태양을 쫓다가 지쳐 쓰러졌다는 과보를 말할 수도 있다.

과보.

그는 본디 삼황 중 한 명인 염제 신농의 아들로서 거인 족을 다스리는 제왕이었다.

하지만 '바보'란 단어의 어원이기도 한 그는 순한 성정을 자랑했다. 우둔하다는 말을 들을 정도로 제 백성들을 아끼고 사랑했다.

그러나 그만큼 고집도 아주 강했으니.

그런 그에게는 예전부터 한 가지 궁금한 게 있었다.

'대체 태양은 어디서 뜨고 어디로 지는 걸까?'

이때부터 과보는 태양이 지는 장소를 찾겠노라 다짐하고, 태양과의 경주를 시작했다. 동이 틀 때부터 서쪽으로 향하는 해를 따라 무작정 서북쪽으로 뛴 것이다.

하지만 하루 종일 달려도 태양을 따라잡기는커녕 탈수와

피로로 북방 어딘가에서 도중에 쓰러져 죽고 말았으니.

이때 과보가 짚던 지팡이는 과보의 시신을 양분 삼아 무럭무럭 자라 나무가 되고 또 울창한 숲이 되었다.

그곳이 바로 등림이다.

하지만 이것은 어디까지나 밖으로만 널리 알려진 전설일 뿐.

여기에는 한 가지 신화가 더 추가된다.

'과보는 끝내 태양이 떨어진 장소를 찾았다.'

반호는 자신보다도 훨씬 큰 침엽수림 사이사이를 통과하면서 눈을 반짝였다.

'녀석은 어수룩하긴 해도 결코 멍청한 녀석은 아니었지. 자신의 기원이 헛된 것이란 걸 알면서도 이루려 했다는 것은, 그만큼 그에게 준 의미가 크다는 뜻이었어.'

그래서 과보는 자신의 소중한 보물, 떨어진 태양을 품에 끌어안고 잠에 들었다.

이미 열기가 식은 태양은 과보를 녹였고, 녹아내린 힘은 지팡이에 닿아 나무가 되었다. 그리고 황량한 바람을 품은 숲이 되었다.

'그곳이 바로 등림.'

그러니 이곳은 쉽게 말해 과보가 묻힌 무덤이면서, 한편으로는 태양이 떨어진 장소이기도 하다.

"태양은 신성한 것. 아무리 열기가 다해 부스러졌어도 충분히 신격을 회복시킬 도구가 될 수 있다……!"

반호는 주먹을 으스러져라 꽉 쥐었다.

보라.

분명 방금 전까지만 해도 바람 앞에 놓인 촛불처럼 언제 꺼질 줄 몰라 흔들리던 흐릿한 영체가 심어가 아닌 육성을 낼 수 있을 정도로 뚜렷해졌다.

지호에게 잘렸던 한쪽 팔도 어느덧 복원되었다.

파편의 존재를 넘어서 오롯한 육체를 갖췄단 뜻이다.

이미 가슴속에는 기운이 충만하게 피어나고 있었다. 감각이 되살아나고, 의식도 또렷해지며 신으로서의 지각도 깨어나고 있었다.

전부 등림을 타고 흐르는 기운 때문이었다.

황량하면서 텁텁하고, 그러면서도 영격(靈格)을 높여 주는 바람.

태양풍이다.

이것을 오롯이 가질 수 있다면. 이것을 완전히 취할 수만 있다면.

그때는 견융의 왕을 베어 낼 때의 자신으로 돌아갈 수 있으리라. 그렇게 수미산의 신들 중에서도 손에 꼽히는 용장이라 불리던 때로 돌아간다면 삼라만상을 엿보아 환생한 아이들을 찾을 수 있을 것이다.

'으아아아앙! 아버지! 죄송해요, 죄송해요!'
'저희는 아무것도 모르고⋯⋯!'
'아버지! 아버지이이이이이이!'

그리고 만난다면 말해 주리라.
너희들의 잘못이 절대 아니라고.
탁!
반호는 본능이 이끄는 대로, 발길이 닿는 대로 등림을
마구 헤쳐 나갔다.
태양풍을 거스르며 어딘가에 섰다.
어느덧 등림 내에서도 가장 큰 나무가 나타난다.
저곳이다.
감이 말해 주고 있었다.
저 뒤에 떨어진 태양이 있노라고!
'이곳을 지나치면⋯⋯!'
반호가 반색을 하면서 나무를 지나친 순간,
"⋯⋯!"
몸이 우뚝 멈춘다.
다른 누군가가 있었다.

혹시 지호가 먼저 도착해 자신을 기다리고 있나 잔뜩 긴
장했지만,

"음. 다른 불청객이 있을 줄이야."

다행히 지호가 아닌 다른 사람이었다.

하지만 그렇다고 해서 긴장의 끈을 놓을 수는 없었다.

자신처럼 색을 찾아가는 육체. 익숙한 얼굴.

자신과는 같되 다른, 잊힌 신이 이쪽을 보고 있었다.

"자네가 어떻게……!"

반호는 믿기지 않는다는 투로 중얼거렸다.

상대도 반호를 보다가 살짝 놀라더니 피식 웃었다.

"오랜만이로군. 늑대."

반호도 잘 아는 자.

의균.

반호가 야성을 중시해 한 마리의 늑대처럼 살았다면, 의
균은 기물을 제작해 인세에 다양한 발명품들을 남겼다.

제 욕심은 모두 풀어야 직성이 풀리던 녀석이 이런 곳에
나타날 줄이야.

무엇보다 녀석도 육성을 내고 있었다.

"뭘 그렇게 놀라나? 설마 이런 꼬락서니로 있는 게 자네
만 있다고 생각한 건 아니겠지?"

의균이 피식 웃으면서 묻자, 반호도 그제야 흥분을 달랠

수 있었다.

"……그런가? 이것도 놈들이 꾸민 짓이란 말이지? 하긴 그도 그렇군. 뭔가를 꾸민다면 나만 두고 하지는 않을 테지."

반호가 땅이 꺼져라 한숨을 내쉬었다.

가뜩이나 자신을 깨운 놈들의 꿍꿍이를 알 수가 없어 신경이 쓰이는데, 식은 태양을 노리는 존재가 자신만이 아니라면 골치가 아프지 않은가.

지호에 이어 정체를 알 수 없는 무리, 그리고 경쟁자들까지.

신경 써야 할 것이 한두 가지가 아니다.

하물며 경쟁자가 하나가 아니라 여럿이라면 더더욱.

"다들 그만 경계하고 나오는 게 어떻겠나?"

반호는 어느덧 살아난 감각을 따라 주변을 둘러봤다. 잔뜩 일그러뜨린 얼굴만큼이나 흉포한 기운이 등림을 휘감는다.

휘이이잉.

하지만 황량한 바람만 불 뿐.

아무도 나올 생각을 않는다.

반호는 낯을 일그러뜨렸다.

"여기서 싸우기라도 하자는 건가?"

으르렁거린 뒤에야 하나둘씩 나타나는 이들.

"예나 지금이나 성격은 지랄맞군."

"쯧쯧쯧. 성격머리 좀 죽여."

"한데, 역시나 나만은 아니었던가?"

"하하하하하하하. 그래도 참 재미나지 않은가? 대체 누가 있어 이리도 세상의 섭리를 농단한단 말인가? 마신이나 하는 짓거리를 우리가 하게 될 줄 알기나 알았을까."

그들은 모두 잊힌 신들이었다.

기장을 먹고 동물을 다뤘다는 흑치, 다양한 무기를 제작했다는 모이 등, 다양한 면면을 자랑한다.

하나같이 현 천계를 다스리는 신들보다도 더 오랜 역사와 전통을 지니고 있는 이들이었다. 천교의 신들에 의해 자리를 내주고 수미산에 녹아야만 했던 태고신(太古神)들의 파편.

그들은 곧 자신들을 이리로 불러들인 것이 누군가가 저지른 농간이란 걸 깨닫고 하나같이 인상을 찡그렸다.

하지만 그중에서도 단연 눈에 띄는 자가 있었으니.

탁!

"다들 오랜만이군."

잊힌 신들의 머리 위로 그림자가 드리웠다.

고개를 드니 입가에 싱그러운 미소를 지닌 청년이 팔짱

을 낀 채 유유히 서 있었다.

반호는 청년을 보며 작게 중얼거렸다.

"팽조."

"하하하하. 그쪽도 오랜만일세. 잘 지냈나?"

청년이 반갑게 반호에게 인사한다.

"잠만 잔 것도 잘 지낸 것이라면."

"하하하하하. 맞는 말이긴 하군."

팽조는 살가운 인상처럼 웃음이 많았다.

하지만 반호는 찌푸린 눈살을 거두지 않았다.

녀석의 웃음 뒤에 숨겨진 걸 너무나 잘 알고 있으니.

팽조.

그는 천계에 오르지 않고 인세에서 수천 년을 넘게 살다
가 조용히 사라진 신이 아닌 신이다.

그리고,

'선술을 완성시키기도 했지.'

사술, 법술, 요술, 기술에 이르기까지, 신의 이적이라 불
리는 선술은 원래 다양한 형태로 존재했다.

하지만 팽조는 여러 술법을 체계화하여 하나의 형태로
완성시킨 장본인이었다.

덕분에 그에게 제수된 신위는 술(術).

모든 술법에 있어서는 최고를 자랑한다는 녀석이니, 당

연히 머리를 쓰는 데는 당해 낼 자가 없다.

오로지 박투 말고는 싸우는 법을 몰랐던 반호로서는 사사건건 부딪치는 상대이기도 했다.

'역시 태양을 취하기가 쉽지 않겠어.'

반호는 혓바닥으로 아랫입술을 축였다.

팽조라면 식은 태양을 취하기가 훨씬 수월할 테지.

'차라리 지금 벨까?'

반호는 겉으로 최대한 태연한 자세를 취했지만, 감각은 다른 어느 때보다 날카로웠다.

두 눈이 빠르게 좌중을 훑는다.

맹수들의 무리 속에서 늑대가 적의 목덜미를 물어뜯을 기회를 노리듯. 빈틈을 찾고 또 찾는다.

그는 여차하면 바로 단검을 휘두를 준비가 되어 있다.

지호가 언제 나타날지 모르고, 자신을 깨운 놈들의 꿍꿍이도 모르는 판국에 살갑지 않은 팽조를 비롯한 여러 잊힌 신들이 나타났다. 당연히 더 어떤 골치 아픈 상황이 놓일지 모르니 본격적인 레이스에 앞서 가장 골치 아플 라이벌을 배제할까 싶었지만,

"나도 자네와 같은 생각을 하고 있는 듯한데. 어떤가? 같이 해 보겠나? 하지만 웃는 건 우리가 아니라 다른 친구들일 듯한데."

팽조가 빙긋 웃으며 묻는다.

다른 녀석들은 가만히 팔짱을 끼며 흥미진진한 얼굴로 반호와 팽조를 지켜봤다.

말릴 생각은 않는다.

여기서 가장 강한 두 사람이 싸운다면, 그들로서는 어부지리를 취하기 딱 좋으니까.

"……기분 더럽군."

머릿속을 읽어 낼 줄이야.

척!

반호는 소리가 나도록 일부러 크게 혁대에서 뽑은 단검을 도로 집어넣었다.

팽조가 고개를 끄덕인다.

"잘 생각했네. 지금부터 무슨 일이 벌어질지도 모르는데 굳이 우리끼리 힘을 뺄 필요는 없지 않은가?"

반호는 팽조의 말을 귓등으로 흘리며 옆으로 고개를 돌렸다.

본능이 가리키는 방향에다 시선을 준다. 다른 녀석들도 흥이 식었다는 표정을 지으며 역시나 북쪽으로 시선을 돌린다.

팽조도 그쪽을 보면서 말했다.

"다들 마찬가지겠지만 누군가가 우리를 깨웠고, 저걸 언으라고 재촉하고 있어. 우리는 한때 명색이 신이었으면서도 멍청하게 놈들이 시키는 대로 하고 있지. 그리고 여기까지 왔고."

그러면서 말을 덧붙인다.

"하지만 이곳에 떨어진 태양은 하나고, 우리는 이리도 많은데 어떻게 해야 할까? 그래서 말인데. 한 가지 제의가 있는데 한 번 들어보겠나?"

반호를 비롯한 모두의 시선이 팽조에게로 다시 향한다.

무슨 꿍꿍이냐는 눈빛.

팽조가 씩 웃으며 말했다.

"먼저 도착해서 취하는 놈이 가지는 것일세."

그 말과 함께,

쐐애애애애애애액!

팽조가 나뭇가지를 거세게 박차더니 북쪽으로 몸을 날렸다.

"젠장!"

"저놈이 탈취하기 전에 빨리!"

잊힌 신들은 바로 그 뒤를 바짝 따랐다.

하지만 반호는 바로 따르지 않고 눈을 가느다랗게 좁히면서 그들이 한참이나 달리기를 기다렸다가, 뒤늦게 천천히 몸을 움직였다.

어떻게 하면 저들의 목덜미를 모두 물어뜯을 수 있을까, 살의 가득한 눈빛을 하고서.

다른 잊힌 신들을 따돌리고 앞서 달렸던 팽조는 금세 등림 외곽에 위치한 어느 지점에 다다를 수 있었다.

"여기인가……!"

팽조가 고개를 들어 확인한 곳.

그곳은 커다란 무덤이었다.

달리 언덕이라고 봐도 무방할 정도로 엄청난 크기를 자랑하는 무덤.

하지만 팽조의 눈에는 전혀 다르게 보였다.

아주 오랜 옛날, 열 개나 되던 태양 중 하나가 묻힌 곳……!

이곳이라면 눈을 감기 전에 완성하지 못한 선술을 마저 완성할 수 있으리라!

그래서 무덤 쪽으로 다가가려는데,

"으하하하하하하하! 태양이다! 태양이 이곳에 있다아아 아아아!"

"어딜! 이것은 내 차지다!"

쐐애애애애애애애액!

갑자기 팽조 옆쪽으로 다른 누군가가 쏜살처럼 빠르게

지나친다.

의균과 흑치다.

두 사람은 신성의 조각이 앞에 있다는 사실에 흥분을 주체하지 못했다. 의식이 뚜렷해졌다고 해도 본능이 앞서는 파편답게 녀석들의 눈에는 광기마저 감돌 정도였다. 팽조를 지나쳐 먼저 떨어진 태양을 손에 넣는다는 사실이 기쁘기만 했다.

하지만,

"멍청한 것들."

팽조는 도리어 그런 두 사람의 뒷모습을 보면서 비웃음을 던졌다.

"이곳은 과보가 묻히기도 한 곳이란 사실을 그새 잊었나?"

그 순간,

화아아아아악, 콰르르르르릉!

의균과 흑치가 무덤가에 닿기도 전에 갑자기 땅 밑에서부터 거친 불꽃이 피어난다.

불기둥이 그대로 의균과 흑치를 집어삼켰다.

"크아아아아악!"

"으, 으아아아악! 살려주어어어어어어!"

의균과 흑치는 자신들의 영혼을 불사르는 불꽃을 어떻게

든 털어 내려 발버둥 쳤지만, 도리어 그럴수록 불꽃은 더 더욱 화려하게 타오르면서 그들을 좀먹어 갔다.

"무, 뭐야, 저건?"

"태양 열풍…… 역시나 있었군. 깨어난 건 우리만이 아니었어."

뒤따라오던 잊힌 신들은 무덤가를 둘러싼 불바다를 보며 걸음을 멈추고 침을 꼴깍 삼켰다. 그들의 얼굴로 긴장된 기색이 어린다.

그들의 눈앞에 등장한 불을 어찌 모를 수 있을까.

과거 천신들을 몇이나 사르고 태웠던 저주 받은 불길, 태양 열풍인 것을.

불길은 끝내 의균과 흑치를 모두 잿더미로 만든 후에야 약간 수그러들더니, 이번에는 한 지점으로 모이면서 거대한 형상을 갖췄다.

타오르는 불꽃을 갑주처럼 두르며 그 사이로 우악스러운 갈색 근육을 드러낸다. 족히 15미터는 넘을 듯한 어마어마한 크기를 자랑하는 불의 거인이 나타났다.

그 역시 신의 파편이면서도 이미 뿌리는 기세는 팽조 등에 비할 바가 아니었다.

"크르르르르르르."

불의 거인은 무덤 앞에 우두커니 서서 어느 누구의 접근도 허락지 않겠다는 듯 으르렁거렸다.

팽조는 불의 거인을 보면서 작게 읊조렸다.

"이렇게 다시 만나게 되는군, 과보."

떨어진 태양을 품에 안고 눈을 감았다는 거인, 과보.

녀석은 다른 잊힌 신들과 달리 다시 눈을 뜨고도 아직 의식을 다 차리지 못했다. 오히려 짐승처럼 본능이 더 앞선 존재가 되어 버렸다.

그러면서도 불길을 다루는 신위는 되돌아왔으니.

불길을 두른 짐승.

팽조 등의 눈에는 그렇게만 보였다.

"크허어어어어어어엉!"

녀석의 포효 소리가 얼마나 거센지 메아리가 쩌렁쩌렁하게 울린다. 불길이 사방으로 확 번지면서 주변에 있던 침엽수림을 모조리 쓰러뜨리거나 태워 버린다.

잊힌 신들은 행여 의균과 흑치처럼 불길에 휩싸일까 싶어 멀찍이 떨어졌다.

그러면서도 길을 뚫을 수 있을까 싶어 두리번거린다.

하지만 어디로도 비집고 들어갈 틈이 안 보인다.

그만큼 과보의 방어는 철두철미해 보였다.

안색이 일그러진 그들과 다르게 팽조만이 흥미 가득한 얼굴로 턱을 쓰다듬을 뿐.

그때 뒤에서 반호의 목소리가 들렸다.

"이걸 노린 거였나, 팽조?"

팽조는 짜증 섞인 눈빛을 보내는 반호를 돌아보면서 어깨를 으쓱였다.

"우리가 깨어났다면 과보도 일어날 수 있으니까. 그걸 생각 못한 놈들이 멍청한 것이지. 그리고 이건…… 자네도 같은 생각이지 않았나?"

장난기 가득한 팽조의 모습에 반호는 콧방귀를 뀌었다.

하지만 그것으로도 대답은 충분했다.

"천하의 반호도 많이 달라졌군."

팽조의 기억 속에 반호는 정정당당한 장수였건만.

"식은 태양은 하나니까."

반호의 싸늘한 대답에 팽조가 당연하다는 듯이 고개를 끄덕였다.

"그렇지. 태양은 하나지. 하지만 우리는 여럿이고."

"그래. 우리는 여럿이지. 그리고 과보는 강하지."

"그럼 어떻게 해야 할까?"

"일단 취하고 봐야지. 뒷일은 뒤에 가서."

"하하하하하! 역시 자네는 말이 잘 통해. 그거 아나? 자네는 내가 인정하는 존재 중 세 손가락에 꼽힌다는 걸. 우리는 참 잘 맞아. 안 그런가?"

팽조가 한쪽 입꼬리를 씩 말아 올린다.

하지만 반호는 여전히 무뚝뚝했다.

날카로운 두 눈은 과보를 위아래로 쉴 새 없이 훑는다. 빈틈을 찾고, 약점을 노린다. 싸움에 앞서 상대를 물색한다. 늑대의 눈빛으로.

물론 태양의 불길을 두른 과보에게서 빈틈을 찾기란 힘들다.

거인족은 타고난 용사들이다. 녀석은 그런 거인족의 수장이었으며, 수미산 시절에도 당해 낼 수 있는 자의 수가 채 열을 넘기지 못했다.

특히 불길을 다루는 솜씨와 우악스러운 힘은 최고의 방패와 최강의 창을 자랑하니.

'왜 저리도 식은 태양에 집착하는 것인지는 모르겠지만.'

식은 태양으로 신의 자리를 회복하려는 자신들과는 다르게 과보는 단순히 지키는 데만 열중하는 모양새다.

목적도 이유도 전혀 알 수 없지만…… 뭐, 어떠랴.

지킨다면, 베고 빼앗는 수밖에.

'시간이 그리 많지 않으니…… 일단 뚫는다.'

반호는 한참이나 물색을 하다 결심을 한 듯, 혁대 쪽으로 손을 가져갔다. 언제 지호가 들이닥칠지 모르는 상황에서 속전속결로 가야만 한다.

휘리리릭!

혁대를 두들기니 두 자루의 청동 단검이 뽑혀 한 손에 하나씩 쥐어진다.

오른손은 상수로, 왼손은 역수로. 그러면서 상체를 살짝 앞으로 숙인다.

늑대가 먹이를 낚아채기 위해 몸을 바짝 엎드리는 것과 같은 자세다.

반호는 과보에 시선을 단단히 고정시킨다. 그러면서 옆에서 흥미 가득한 얼굴이 된 팽조에게 묻는다.

"쓸데없는 소리 그만하고. 말해. 도울 거냐, 말 거냐."

"돕지. 늘 하던 대로 하면 되나?"

"딴생각은 하지 않는 게 좋을 거다."

"아무리 나라도 그 정도 머리는 있다네."

"그럼."

　　—신의 뜻대로.
　　—신의 뜻대로.

찰칵. 찰칵.

신의 언약이 삼라만상에 새겨진다.

어느 정도 신격이 회복되었기 때문에 강제성을 띤다.

이제 약속을 어기고 딴마음을 품는 순간, 그들은 바라던 기원은 이루지도 못하고 흔적조차 남기지 못한 채 사라지리라.

팽조는 묵직하게 구속된 영혼을 느끼며 장난스레 질문을 던졌다.

"내가 인정한다는 둘, 궁금하지 않나?"

"필요 없어. 엄호나 잘해."

파아아아아앗!

반호는 어느새 늑대가 되어 과보에게로 날아들고 있었다.

"여하튼 성격도 급하군."

팽조는 고개를 절레절레 흔들더니 손바닥을 뻗었다.

파지지지지지직!

다섯 손가락이 샛노랗게 물들더니 뇌기가 튄다.

그가 자랑하는 최강의 선술, 오뢰법.

"그럼 어디 한 번 태양을 가져가 볼까?"

그리고 손을 웅크린다.

콰르르르르르르르릉!

반호가 과보에게 달려드는 것과 동시에 하늘에서 샛노란 뇌전이 떨어지면서 태양의 불길을 짓밟았다. 그 위로 길이 뚫리며 반호가 과보에게로 청동 단검을 휘둘렀다.

쐐애애애애애액!

* * *

박투에 능한 반호와 선술에 강한 팽조.

둘이 손을 잡으면 어떤 것도 해낼 수 있다.

이것은 당시 수미산 내에서도 아주 유명한 말이었다.

반호가 앞에 서서 적의 목덜미를 뜯어 버리고, 팽조가 뒤에서 벼락과 불길을 뿌려 대 적의 진영을 뒤흔들어 놓는다.

그 위세는 너무나 대단하기 때문에 어느 누구도 두 사람이 같이 있는 자리에는 시비를 걸지 못했다.

하물며 지금처럼 신격도 어느 정도 복원되어 전성기 때의 힘을 일부나마 되찾은 지금에야 두말할 필요가 있을까?

눈빛으로 의사를 주고받은 둘이 동시에 움직인다.

반호는 늑대가 되어, 팽조는 선술로 엄호를 하며.

정작 본인들은 그런 말을 아주 싫어했지만.

콰아아아아아아아앙!

반호가 휘두른 청동 단검이 과보의 목덜미를 찍으려는 찰나, 과보는 한 발자국 뒤로 물러서면서 왼손을 뻗어 반호를 거세게 후려쳤다.

15미터가 넘는 덩치답게 우악스러운 손길도 거의 반호만 해서 손바닥에 터져 나온 태양의 불길은 너무나 매서웠다.

다행히 반호는 휘두르던 단검의 방향을 아래로 바꿔 태양의 불길을 베면서 천근추의 수법으로 급격하게 하강했다.

아슬아슬하게 과보의 거친 손길이 머리 위로 지나치고, 반호는 허공에서 몸을 팽이처럼 돌면서 단검을 잇달아 휘둘러 댔다.

좌좌좌좌좌좌좌좌!

두 개의 청동 단검이 허공에 그어질 때마다 늑대의 송곳니처럼 날카로운 칼바람이 마구 쏟아진다. 반호는 자신이 왜 맹수라 불리는지 보여 주겠다는 듯, 거칠게 몸을 놀렸다.

퍼퍼퍼퍼퍼퍼펑!

삽시간에 반호와 과보 간에 공방이 벌어진다.

불길과 단검이 충돌하면서 대지가 흔들리고, 기세와 기세가 작렬하면서 대기를 뜨겁게 사른다.

반호는 폭격처럼 쏟아지는 과보의 불길 두른 주먹을 직접 흘리고, 베고, 찌르면서 점차 안쪽으로 파고들어 간다.

그러면서 간간이 팽조의 선술도 혁혁한 도움을 준다.

칼날에 실린 힘을 강화시키고, 벼락을 뿌려 과보의 행동에 제약을 주며, 지진을 일으켜 불길을 마구 헝클어 놓는다.

반호가 마구 날뛸 수 있도록 도움을 주다, 이따금 과보에게서 빈틈이 보인다 싶으면 강한 일격을 날린다.

콰르르르르르르르르릉!

오뢰법이 작렬할 때마다 태양의 불길이 아래로 짓눌린다. 때때로 과보의 몸에도 작렬하면서 커다란 상처를 남기고 간다.

덕분에 반호는 우세를 점할 수 있었다.

과보가 이 귀찮기만 한 것들을 털어 버리려 몸을 거칠게 흔들어 댈 때마다, 반호는 빈틈을 노리고 달려들어 악착같이 따라붙는다.

찍고, 베고, 가른다.

좌아아아아아아악!

과보의 왼팔 위로 짙은 혈선이 그어지더니 어깨가 떨어져 나간다.

"크허어어어어어어엉!"

과보가 분노에 찬 포효를 지른다. 등림을 쑥대밭으로 만들고, 태양의 불길이 거칠게 타오르지만, 반호는 눈 하나

깜빡하지 않는다.

도리어 더 기세를 박찬다.

쉭!

"네가 왜 이토록 떨어진 태양에 집착하는지는 모르겠다. 그리도 소중한 것이라면 직접 취해서 부활하면 될 것을, 그런 것은 절대 하지 않으려 하니. 그러니 내가 갖고 가야겠어."

어느덧 반호는 과보의 머리 뒤편에 나타나 차갑게 중얼거렸다.

과보가 몸을 돌려 그쪽으로 손을 뻗으려 했지만,

"태양, 내가 갖고 가마."

그보다 먼저 반호가 단검을 과보의 왼쪽 눈에다 박아 넣었다.

퍼어어억, 하는 소리와 함께 핏물이 튄다.

"크오오오오오오오!"

과보가 고통에 찬 비명을 지른다. 쿵, 쿵, 발길질을 할 때마다 지반이 들썩이고 불기둥이 용암처럼 치솟는다. 왼손으로 고통스러운 얼굴을 쥐어 싸며 오른손을 뻗어 어떻게든 반호를 잡으려 한다.

하지만 반호는 어림없다는 듯 과보의 정수리에서부터 발목까지, 위에서 아래로 차례대로 내려오면서 쉴 새 없이 단검을 휘둘렀다.

마치 횟집에서 사시미 칼로 회를 뜨듯이.

쉬시시시시시시식!

턱이 베이고, 경추가 찔리고, 겨드랑이가 파이고, 갈비뼈가 드러나고, 허벅지를 깊게 가르고 지나가다, 끝내 착지하면서 발목에 있는 힘줄과 아킬레스건을 동시에 빠르게 자른다.

쿠우우우우우우웅!

과보는 끝내 버티지 못하고 왼쪽 무릎을 지면에다 찍고 만다. 어떻게든 일어서려 아등바등하지만 하체에 힘이 실리지가 않았다.

반호는 자세가 낮아져 찌르기 좋아진 과보의 목젖에다 남은 단검을 자루까지 깊이 찔러 넣었다. 그리고 혁대 뒤편에 있던 다른 두 단검을 꺼내 '乂(예)'자로 교차시키는 마무리까지 보였다.

촤아아아아아아악!

핏물이 분수처럼 거칠게 튄다.

과보는 비명이라도 지르고 싶어 입을 쩍 벌렸지만 경동맥과 함께 성대도 같이 잘려 나가 소리가 나오질 않았다.

그저 신음 소리였을 새된 바람 소리와, 분노로 얼룩진 광망을 토해 내는 애꾸눈만 드러날 뿐.

"미, 미쳤군……!"

"과연 반호인가……?"

"팽조도 대단해……."

여태 반호와 과보의 싸움을 지켜보던 잊힌 신들은 침음을 흘렸다.

대단하다.

그 말밖에는 나오지 않았다.

반호가 손꼽히는 용장이었던 것은 사실이었으나, 그래도 전성기 때에 비하면 보잘것없는 상태였다. 그런 몸으로도 이만한 실력을 발휘하다니.

과보가 누구던가!

과거 수미산에서도 거인족의 왕이자 마신으로서 활약을 하던 자다.

특히 전쟁이 벌어질 때면 가장 선봉에 서서 천신과 천군을 쓸어버렸다. 그때마다 커다란 두 눈으로 눈물을 펑펑 쏟으며 태양의 불길을 휘두르던 모습은 아직도 잊히지가 않으니.

그야말로 염제(炎帝), 불의 제왕인 신농의 아들이라 하기에 부족함이 전혀 없었으니.

거기에 거인족 특유의 덩치와 힘까지 가지고 있었기에 그는 무적이며 무쌍이었다.

그렇기에 잊힌 신들은 식은 태양을 가지러 왔으면서도, 과보가 나타난 것을 보고 도저히 가까이 다가갈 엄두를 내지 못했다.

당시의 기록이 새록새록 나타나 그들의 머릿속을 어지럽힌 까닭이다.

그런데 그런 과보가 반호에게 무릎을 꿇고 말았으니.

아니, 정확하게는 반호와 팽조 앞이다.

팽조가 오뢰법을 뿌리는 등 반호를 돕지 않았다면 이토록 압도적인 싸움을 보여 주지는 못했을 테니.

주먹에 잔뜩 힘이 들어갔다.

"……끝이다."

반호는 과보의 핏물을 흠뻑 머금은 청동 단검을 세게 움켜쥐었다.

마지막 혼잣말과 함께 과보라는 파편을 찢어 버리기 위해, 목을 베어 버리기 위해, 몸을 측면으로 틀면서 단검을 세게 휘둘렀다.

그 순간, 잊힌 신들의 두 눈가에 탐욕이 흘렀다.

저 대단하던 과보가 쓰러졌다.

식은 태양이 바로 앞에 있다.

하지만 그걸 성공케 한 것은 반호와 팽조이니 이대로 두면 식은 태양은 저들의 것이 되지 않을까?

그렇다면……!

쐐애애애애애애애애액!

같은 생각에 미쳤을 때, 잊힌 신들은 동시에 몸을 날렸다.

반호의 두 단검이 과보의 목덜미를 베려던 것도 바로 그 무렵이었다.

찰나의 순간, 반호는 자신을 지나쳐 어부지리를 취하려는 다른 잊힌 신들을 느끼고 멈칫거렸다.

이대로 식은 태양을 빼앗긴다면 닭 쫓던 개 신세가 되지 않은가!

단검이 어디로 튈지 몰라 머뭇거리는 사이, 잊힌 신들이 태양의 불길을 건너는 사이.

눈 깜빡할 정도로 아주 짧은 순간이었지만, 과보에게는 반격을 꾀하기에 충분한 시간이었다.

"크라라라라라라라라!"

과보가 갑자기 거친 포효와 함께 주먹으로 지면을 세게 내리찍었다.

콰아아아아아아아앙!

힘이 얼마나 대단하던지, 단순히 구덩이가 파지는 정도

가 아니라, 빙판이 쪼개지듯이 균열이 등림 전체로 삽시간에 퍼져 나갔다.

그리고 그 위로 불길이 치솟았다.

영혼을 정화시킨다는 지옥의 업화보다도 더 지독한, 영혼을 살라 버린다는 태양의 불길이!

콰콰콰콰콰콰콰콰콰!

과보를 지나치려던 잊힌 신들은 미처 피하지 못하고 그대로 휩쓸려 나갔다. 비명 한번 내지르지 못한 채 모두 소거되어 버린다.

그중에는 반호도 섞여 있었다.

다행히 양팔로 얼굴을 가려 불길을 견뎌 내고 있지만, 영혼을 좀먹어 가는 불길이 너무나 거칠어 자기도 모르게 울컥 피를 토하고 말았다.

그리고 우악스럽게 그를 잡아채는 과보의 손길.

"컥!"

반호의 몸뚱이가 위로 떠오른다. 단단히 과보의 손에 틀어 쥐여진 채 움직이지도 못하고 불길을 가르며 허공으로 치솟았다.

흉측하게 타 버린 몰골. 부서진 청동 단검. 반호는 이대로 몸이 박살 나는 게 아닐까 싶은 어마어마한 고통 속에서, 태양의 불길을 옷깃처럼 두르고 있는 과보를 내려다

봐야만 했다.

과보는 얼굴을 잔뜩 일그러뜨린 채 하나 남은 눈에 반호를 한가득 담았다. 분노로 이글대는 광망을 터뜨린다.

그리고,

"크아아아아아아아아아!"

여태 당했던 모든 원한을 가득 담아 손아귀에 잔뜩 힘을 준다.

우두두두두두둑!

잡혀 있던 반호가 그대로 으깨져 버렸다.

입가로 핏물이 잔뜩 쏟아진다.

정신이 흐릿해졌다.

'이대로…… 끝나는 건가?'

조금만. 조금만 더 손을 뻗었으면 됐는데.

이렇게 겨우 잡은 기회를 놓쳐야 한다는 사실이 통탄스러울 따름이었다.

하지만 더 이상 움직이지 못한다는 사실이, 서서히 반호의 의식을 바닥으로 끌어내렸다.

어둠이 내려앉았다.

'아빠……!'

그때 멀리서 흐릿하게나마 어떤 목소리가 들렸다.

누구 목소리였더라?

너무 익숙한다.

'아버지…… 미안해요……! 저희들 때문에……!'

유아……야?

그제야 누구의 목소리인지 떠오른다.

소중한 아들들. 소중한 딸들.

나의…… 소중한 보물들.

'소아야! 진아야! 보아야!'

아이들의 이름을 부른다. 외친다.

이제는 보지 못할 아이들을 하나하나씩 떠올린다.

그리고,

'당신은…… 아이들에게 좋은 아버지였어요.'

가장 소중한 보물, 아내가 떠오른다.

한낱 야인으로 태어나 글자도 읽을 줄 모르던 멍청한 자신을 품어 주고 사랑해 주었던 아내. 장인을 버리고 자신을 선택해 산골 깊숙한 곳으로 들어가 군말 없이 가족을 일귀 준 아내가 떠오른다.

하지만 일국의 왕이었던 장인에게 있어 반호라는 존재는 수치의 상징과도 같은 것이었으니.

장인에게 있어 한낱 야만인이었던 견융에게 농락당했던 시절은 절대 떠올리고 싶지 않은 과거였다. 더구나 자신의 힘이 아닌 일개 야인에게 도움을 받았다는 사실은 치욕이나 마찬가지였다.

그래서 반호를 베려 했다. 그만 없다면 더 이상 자신의 치부를 드러낼 수 있는 존재는 아무도 없었으니까. 반호가 다시 은둔을 하겠다고 외쳐도 통하지 않았다.

해서 반호는 아내와 자식들을 다시 장인에게로 보냈다. 자신이 아비란 사실은 일절 말하지 않은 채, 그들의 주변만을 맴돌았다.

다행히 다른 자식이 없던 장인은 아이들을 후계로 삼아 번듯한 왕자와 공주로 길러 냈으니.

반호는 멀리서 그들을 지켜보는 것만으로도 행복했다.

하지만 운명의 장난이던가.

장인은 끝내 반호의 존재를 허락지 않았고, 손자들로 하여금 제 아비를 베라는 명령을 내렸다.

그래서…… 쓰러졌다.

아이들의 품에서.

뒤늦게 진실을 깨달은 아이들이 눈물을 쏟는 걸 보며 말해 주고 싶었다.

괜찮노라고.

너무 울지 말라고.

하지만 목이 다친 까닭에 아무 말도 나오지 않았다.

그들을 달래 주고 싶었지만 그러지 못한 채 눈을 감아야만 했다.

그리고 다시 눈을 떴을 때, 수천 년이나 지난 시간이 찾아왔다.

아이들의 영혼은 이미 윤회를 몇 번이고 거쳐 자신을 기억도 못할 테지만, 그래도 전해 주고 싶었다. 그때 못 다한 말을 해 주고 싶었다.

그 때문일까?

"나……는……! 못 진다……!"

축 늘어진 고개를 억지로 든다. 핏물에 젖은 머리카락 사이로 두 눈을 부라린다. 그리고 아직 난 두 팔에 힘을 주며 과보의 악력에 악착같이 버틴다.

콰아아아아아앙!

반호는 과보의 손가락 두어 개를 잘라 버리고 가까스로 탈출하는 데 성공했다.

하지만 과보는 놓치지 않겠다는 듯이 불길을 다시 터뜨

리며 쫓아왔다.

콰르르르르르르……!

결국 반호와 과보 간에 처절한 격전이 다시 벌어지고 말
았다.

과보는 어떻게든 반호를 찍어 누르려 하고, 반호는 어떻
게든 공격을 피하며 과보를 베어 나간다.

무덤을 사수하려는 자와 점령하는 자.

두 사람 사이의 팽팽한 대치는 도저히 쉽게 끝날 것 같
지 않아 보였다.

"으어어어어어어!"

과보가 어느 정도 복구되었지만 여전히 흉측하기 짝이
없는 소리를 내면서 손바닥을 내리찍는다. 본래대로라면
쉽게 피하고도 남았을 공격이지만, 부러진 갈비뼈가 폐를
찔러 움직이기가 여의치 않다.

"젠…… 장……!"

반호는 단번에 튕겨 나 땅바닥을 나뒹굴었다.

피투성이가 된 그의 머리 위로 다시 짙은 그림자가 드리
운다.

아버지, 라는 단어가 머릿속을 다시 채운다.

아이들의 목소리를 떠올리며 이를 악문다.

"젠장……!"

반호는 땅바닥 위를 데구루루 굴러 피했다. 콰아앙, 아슬아슬하게 녀석의 주먹이 방금 전까지 그가 있던 자리에 내리꽂힌다. 그때를 틈타 몸을 띄워 녀석의 팔뚝을 타고 올라가 그대로 어깨를 깊게 베어 버렸다.

"젠자아아아아아아앙!"

촤아아아아아악!

과보의 어깨 위로 핏물이 튄다.

그것을 홀라당 뒤집어쓴 채, 반호는 거칠게 욕지거리를 내뱉었다. 이미 입고 있는 옷은 모두 찢어지고, 가죽은 망가져 그을음과 잿더미만이 가득 묻었다.

"어째서냐! 너는 어째서 그리도 저것을 지키려 하는 것이야! 그냥 지키는 것만이 목적이라면! 필요가 없다면! 나에게 줘도 되는 것이지 않은가! 나에게는! 나에게는 해야 할 일이 있단 말이다!"

절규한다. 포효한다.

그는 처절했다.

그에게는 반드시 식은 태양이 필요했다. 신이 되어야 할 이유가 있었다.

하지만 과보는 무엇인가?

놈은 누군가에게 이토록 소중한 것을 갖고 있으면서도 내주지 않으려 한다.

자신이 쓸 것도 아니면서!

왜 이리도 욕심을 부린단 말인가!

"끄어어어어어어어!"

그때 과보가 애꾸눈을 거칠게 태우면서 주먹으로 반호를 거세게 후려친다.

콰아아아아아아앙!

"크으으윽!"

반호는 미처 피하지 못하고 그대로 튕겨 나갔다. 아니, 두 단검을 교차시켜 억지로 막아 냈다. 하지만 얼마 버티지 못하고 단검이 동강 나 파편이 위로 튀었다.

하지만 과보의 하나 남은 주먹 역시 성치 못했다. 손가락이 대거 잘려 나가고 앙상한 뼈까지 드러난다. 그런데도 끝까지 불길을 뿜으며 반호를 쓸어 간다.

콰아아아아아앙! 콰아아아아아앙! 콰아아아아아앙!

격돌한다. 충돌한다.

서로 간의 영혼이 찢기고, 부서지고, 무너지는 걸 알면서도 끝없이 달려든다.

성치 않은 몸으로. 겨우 이뤄졌던 신격이 흩날리고, 육체를 구성하던 몸이 다시 흐릿해지며 영체로 돌아가고 있어도 악착같이 달려든다.

콰아아아아아아아앙!

그리고 다시 한 번 충돌을 벌여 한참이나 떠밀렸을 때, 반호는 겨우 깨달았다.

"쿠륵······! 쿠륵······! 쿠륵······!"

이미 한쪽 다리와 팔, 눈을 못 쓰게 된 과보. 이미 축 처진 입가에서는 단내 대신 새카만 매연이 나온다.

그의 영혼도 처참하게 망가졌단 뜻이다.

그런데도 그가 이리도 무덤을 사수하려는 이유.

그건 단순한 욕심이 아니다. 망념 따위가 아니다.

자신이 식은 태양을 필요로 하듯, 녀석도 식은 태양을 지켜야만 하는 이유가 있었던 것이다.

죽어서까지도 절대 포기 못할 이유가······.

하지만 반호 역시 그렇기에 포기하고 싶지 않았다.

놈이 염원하듯, 자신 또한 염원하고 있으니까.

반 토막이 난 단검을 든 채로 다시 달린다. 늑대의 송곳니를 드러내며 땅을 거칠게 박차 과보에게 달려든다. 태양의 불길이 다시 치솟아 앞길을 막지만, 아랑곳하지 않는다. 도리어 뚫고 들어가 검을 거칠게 휘두른다.

단두대에 놓인 사형수처럼, 이미 지쳐 목을 축 늘어뜨린 과보의 목을 향해 단검을 들이댔다. 신의 기운을 가득 머금은 단검이 빛무리에 휩싸여 공간을 갈랐다.

이것이라면 놈을 베고, 무덤에 닿을 수 있으리라!

'이제 됐⋯⋯!'

쾌재를 외치려는 찰나,

　　―우리를 대신해 수고 많으셨소, 반호.

어디선가 들리는 목소리에 반호의 눈이 커진다.

낯익은 목소리.

지호는 아니다.

깊게 잠들어 있던 자신을 깨웠던, 그 목소리.

자신을 이리로 불러들인 자의 목소리였다!

"이건⋯⋯!"

반호가 어떻게 반응하기도 전에,

좌아아아아아악!

그의 머리가 위로 튀어 올랐다.

그때 공간이 열리면서 비로소 그들이 나타났다.

군다리, 항삼세, 대위덕. 세 명왕의 아바타라들이.

　　　　　＊　　　　＊　　　　＊

'아아, 이렇게 끝나야만 하는 건가?'

어둠이 내려앉는다.

의식이 꺼진다.

조금만.

조금만 더 손을 뻗으면 됐었는데…….

반호가 중얼거리는 그 순간,

　"당신의 신업, 이 몸이 마저 이뤄 주도록 하
지."

"……그랬군. 보고 있던 것이었나."

그 말과 함께,

파스스스스.

반호란 존재가 세상에서 흩어졌다.

＊　　＊　　＊

　사실 지호는 반호를 일부러 풀어 준 뒤, 그의 뒤를 밟아 한참이나 떨어진 곳에서 등림을 지켜보고 있었다.

　들킬 걱정은 하지 않았다.

　권능도 자각하지 못한 파편들 따위에게 들킬 정도로 어수룩하지는 않았으니까. 더구나 넓은 범위에 걸쳐 천리안을 뿌려 놔 놓친다 해도 걱정이 없었다.

'일단 부처들의 목적부터 알아야 해.'

지호는 부처들이 잊힌 신들을 깨운 데에는 그만한 이유가 있으리라 생각했다.

처음에는 뭔가를 찾기 위해 무작정 깨운 것이었나 하는 생각도 했다. 하지만 저승의 혼란을 잠재우겠다고 나섰던 자들이 하계를 혼란으로 몰아넣으려 하지는 않을 터. 수보리는 옥황상제와 다르게 최소한 '선'이라는 건 알고 있는 자였다.

그리고 잊힌 신들을 지켜보다 보면 아바타라들이 어떤 움직임을 보이지 않을까 하고 생각했다.

결과는,

'빙고.'

지호는 처음으로 천리안을 거두고 축지를 밟았다.

*　　　*　　　*

잔잔한 호수에 커다란 바위를 던지면 어떻게 될까?

당연히 수면에 커다란 파문이 인다. 바위의 크기에 따라서는 호수의 생태계를 뒤집어 놓을 수도 있다.

반호라는 존재가 바로 그런 바위였다.

이는 지호와 손오공이 억지로 이뤄 둔 절지천통에 혼란

을 줄 수도 있다는 뜻.

더 큰 문제는 팽조를 비롯한 다른 잊힌 신들도 조금씩 변화가 주어진다는 점이다.

그들 모두의 영격(靈格)이 오르는 중이었다.

파편은 서서히 영혼이 되고, 영혼은 신령이 되어 가려 한다. 한때 신이었던 존재들이 서로 간에 영향을 끼치면서 속도가 빨라진다.

그렇게 탄생된 반호와 같은 십여 개의 바위.

당연히 이것은 남섬부주라는 잔잔한 호수를 거세게 흔들 수밖에 없으니.

마구 퍼져 나가는 파문을 따라 법칙이 일그러졌다.

그리고 거기에 따라,

화아아아아아아!

무덤가 위로 불그스름한 무언가가 피어나고 있었다.

그리고 그 순간이었다.

여태 잊힌 신들의 뒤를 멀찍이 따르면서 상황을 지켜보고 있던 아바타라들이 움직이기 시작한 것은.

세 명의 명왕들이 대지를 질타한다.

항삼세는 수인을 맺어 선술을 부리고, 대위덕은 관자놀이에 산양처럼 'ㄴ'자로 굽은 두 개의 뿔을 잔뜩 위협적으로 드러내면서.

아바타라들은 그야말로 압도적이었다.

과보를 비롯한 잊힌 신들이 서로 뒤엉키면서 태양풍이 강렬해지지 않았던가. 무덤 속에 깃든 식은 태양이 깨어나면서 그들 역시 부처로서의 힘을 되찾을 수 있었다.

이것이야말로 그들이 잊힌 신들을 불렀던 이유.

결국 세 명왕의 압도적인 무용(武勇) 앞에 잊힌 신들은 더 이상 버티지 못하고 갈래갈래 찢겨 나가고 말았다.

"어…… 떻게……!"

콰직!

"시끄러워. 너무."

군다리는 앙증맞은 다리를 들어 올려 마지막 남은 잊힌 신, 팽조의 머리통을 밟아 부숴 버렸다. 그러고는 또랑또랑한 두 눈을 들어 과보를 올려다봤다.

이미 과보는 항삼세와 대위덕이 맡고 있었다.

"카아아아아아아아아!"

과보가 다가오지 말라며 위협한다.

하지만 이미 그의 몸뚱이는 처절하게 망가진 상태였다. 박살 난 팔, 무너진 다리, 감긴 눈, 마구잡이로 난도질된 상체. 흐릿해져 가는 영체.

이대로 두기만 한다면 곧 흩어져 사라지리라.

이리 버티는 것만 해도 기적이라 할 수 있었다.

그런데도 버티는 것은, 무덤을 사수해야겠다는 마지막 의지 때문이리라.

"불쌍한 것. 네가 이리 이곳을 지킨다고 한들 죽은 네 주인이 돌아오기나 할 것 같으냐? 이미 잊고 또 잊었을 것이 분명할진대. 쯧. 미련퉁이 같으니라고."

항삼세는 끌끌, 혀를 찼다.

"더 시간 끌 게 뭐가 있어? 빨리 눈이나 감겨 줘. 제천대성의 예지안을 감겼다고 해도 바보가 아닌 이상에야 지금쯤이면 이상 현상을 느낄 것 아냐?"

군다리가 입술을 삐죽 내밀며 투덜거리자, 항삼세가 고개를 끄덕인다.

"그러지."

그러고는 합장하고 있던 손을 풀어 옆으로 휘두른다.

촤아아아아아악!

과보의 몸뚱이 위로 짙은 혈선이 그어지고,

"꺼어어어어어······."

쿠우우우우웅······!

그대로 거구가 땅에 쓰러졌다.

스스스.

영혼이 흩어지기 시작한다.

"에휴! 이제야 끝났네. 이 지긋지긋한 놀이도."

군다리는 과보를 보면서 투덜거렸다.

사실 따지고 보면 여태 너무 비효율적으로 움직였다.

잊힌 신들을 일일이 찾아 깨우고, 등림의 위치를 가르쳐 주고, 감시하고, 멀뚱히 기다리기만 해야 했으니까.

"이미 한 번 식어 버린 태양에 열기를 불어 넣으려면 그만한 의식을 필요로 하니까."

"그건 그렇다지만."

대위덕의 말에 군다리는 그래도 여전히 불만 가득한지 뺨을 뿌루퉁하게 부풀렸다.

잊힌 신들은 다시 신이 되고자 식은 태양을 필요로 했다.

하지만 이건 반대로도 이야기할 수 있다.

식은 태양을 다시 뜨겁게 달아오르게 하려면 잊힌 신들의 신성을 필요로 하지 않을까?

그들의 업을 양분으로 삼아 태양을 깨운다.

그것이 바로 수보리와 아바타라들의 계획이었다.

"어찌 되었건 간에 제천대성이 이곳을 찾기 전에 서둘러 태양을 취해야 해. 지금도 천리안을 열심히 둘러대고 있을 테니."

항삼세가 고요한 목소리로 말하며 태양이 묻힌 무덤 쪽

으로 고개를 돌린다. 비록 아바타라의 몸은 눈을 뜰 수 없는 장님이라 하나, 시각보다 더 예민한 감각은 무덤에서 풍기는 태양풍을 확실하게 읽어 들인다.

화아아아아아아……!

등림을 따라 뿌려지는 뜨거운 열풍.

후덥지근하고, 황량하며, 매섭기 짝이 없다.

이미 불이 붙기 시작했으니 금세 온도도 올라가 일대를 모두 태워 버릴 것이다. 그리된다면 더 이상 등림이라는 지역도 찾아볼 수 없게 되겠지.

"그럼 내가 먼저 손대도 상관없지?"

군다리가 장난꾸러기처럼 웃으면서 항삼세와 대위덕을 돌아본다.

의식은 분명 명왕의 것이면서 육체의 영향도 어느 정도 받는 것일까. 악동처럼 두 눈이 호기심으로 반짝이는 게 귀엽기만 하다.

하지만 항삼세와 대위덕은 저 순진해 보이는 가면 뒤에 얼마나 잔혹한 모습이 숨겨져 있는지를 잘 알기에 그러라며 고개를 끄덕였다.

군다리는 명왕 중에서도 남방을 다스리고 재난을 직접 소멸시킨다고 전해지는 왕.

당연히 그 성격은 포악하기 이를 데 없으며, 다른 부처들과 다르게 삿된 것이 있으면 계도를 하기보다는 그저 찢어 버리는 것을 낙으로 삼는다.

군다리는 총총걸음으로 과보를 지나쳐 무덤가로 다가갔다. 아직 흐릿하게나마 남아 있는 과보의 눈이 이쪽으로 향하며 가지 말라고 크게 요동치지만 아랑곳 않는다.

"호오."

무덤은 노을을 닮은 불그스름한 광채에 싸여 있었다.

군다리는 비서사의 광명편조에 못지않게 예쁘다고 생각하면서 왕릉만큼이나 큰 무덤에 손을 갖다 댔다.

그러자,

우우우우우우우웅!

무덤이 잘게 떨린다.

그리고 빛무리가 안쪽으로 잠기면서 진동이 아주 잠깐 멈추더니,

차아아아아아아앙!

마치 유리가 깨지는 듯한 소리와 함께 손을 갖다 댄 부분이 갈라지기 시작했다. 마치 문처럼.

그리고 드러나는 거대한 내부.

그것은 거대한 홀이었다.

"오."

군다리가 가볍게 탄성을 지를 정도로 홀은 아주 넓고 화

려했다.

무덤 양식과 다르게 안쪽에는 관이 전혀 없었다.

대신에 벽면을 따라 다양한 벽화가 그려져 있고, 바닥에는 다양한 철검이 꽂혀 있었다. 아주 오랜 옛날에나 썼을 법한 양식의 철제(鐵製).

하지만 세월과 다르게 여전히 날은 살아 있어 당장에라도 쓸 수 있을 것처럼 보였다.

그러나 군다리는 철검에 전혀 관심을 두지 않았다.

바닥에 모래처럼 아주 잘게 깔린 보석에도 신경을 쓰지 않았다.

부처의 눈에는 조약돌보다도 못한 것으로만 보였으니.

군다리의 관심을 끈 것은 하나였다.

철검 사이로 높이 세워진 단상.

그 위에 오른 자그마한 검붉은 석영.

곳곳에 갈라진 균열 사이로 시뻘건 불씨가 달아오르는 중이었다.

이것이다.

식은 태양.

군다리를 비롯한 부처들이 그토록 가지고자 했던 것.

"예쁘네."

군다리가 다가갈수록 검붉은 석영이 변화한다. 안쪽에

심어진 불씨가 점차 퍼져 나가면서 색을 붉게 물들이고, 덩달아 홀 내부를 후끈한 열기로 가득 채운다.

군다리도 마찬가지로 반응한다.

단순히 아바타라는 인형의 틀에 묶여 있어야만 했던 격이 제 모습을 갖춰 간다. 권능이 하나둘씩 깨어나면서 부처로서의 모습을 되찾는다.

그리고 마침내 단상에 도착했을 때,

화아아아아아악!

군다리는 오롯한 제 모습을 갖췄다.

여전히 악동과 같은 모습이지만, 두 눈은 깊게 가라앉아 혜안(慧眼)을 드러낸다.

"볼수록 신기하네. 이것이 비로자나불의 재료가 될 거란 말이지?"

군다리는 작은 신장 때문에 어쩔 수 없이 까치발을 들고 서서 석영을 이리저리 관찰했다. 연신 입가에서는 감탄사가 멈추지 않는다.

그만큼 태양이란 존재는 보는 것만으로도 감탄이 저절로 나왔다.

"……반고의 왼쪽 눈이었기도 하고."

그러면서 군다리의 눈가에 아주 잠깐이지만 탐욕이 맺혔다가 사그라졌다.

「뭘 하고 있나? 빨리 오지 않고. 일이 생각했던 것보다 훨씬 길어져 한시가 급하다.」

그때 대위덕이 심어를 보내 채근한다.

군다리는 인상을 와락 구겼다.

"칫. 알았어. 알았으니까 그만 좀 재촉해! 하여간 애들이 여유란 게 없어요, 여유란 게!"

이번에 거두고 나면 언제 다시 볼 수 있을지 몰라 최대한 봐 두려 했던 것인데.

투덜투덜 대면서 오른손을 뻗어 석영을 잡아 간다.

그러면서 입으로 진언을 웅얼대고, 왼손으로는 수인을 맺는다. 열기를 찾아 가는 태양을 저항 없이 수거하기 위해서였다.

그렇게 손길이 석영에 닿는 순간,

화아아아아아아악!

갑자기 열기가 손목을 타고 흘러 들어오면서 아바타라 속의 영혼을 잠식했다.

*   *   *

뚜벅. 뚜벅.

군다리가 천천히 태양의 무덤에서 걸어 나온다.

그런데 여태 가볍기만 하던 총총걸음과 다르게 이상하게 묵직하다.

하지만 항삼세와 대위덕은 크게 신경 쓰지 않았다.

녀석은 분명 군다리였으니까.

"태양은?"

"수거했어."

"잘되었군. 이로써 한숨 돌릴 수 있게 된 건가."

항삼세가 안도에 찬 한숨을 내쉬며 푸근하게 웃는다. 대위덕도 동의하는지 고개를 끄덕인다.

하지만 뭐가 그리 마음에 안 드는지, 군다리가 앙증맞은 이맛살을 살짝 좁힌다.

"그런데 암만 생각해도 모르겠어."

"무엇이?"

대위덕이 아무 생각 없이 심드렁하게 반문한다.

"대체 이거랑 저승의 문이랑 무슨 관련이 있다는 거야?"

"무슨 소리야? 그야 이 태양이 반고의 자물……!"

"대위덕!"

대위덕이 뭐라 말을 하다 말고, 갑작스러운 항삼세의 노호에 말허리가 잘린다.

그제야 대위덕도 대화가 어딘지 모르게 이상하다는 사실을 깨닫고 놀란 시선으로 군다리를 돌아봤다. 항삼세가 살짝 물러서며 합장을 취한다.

군다리는 두 명왕이 왜 그러는지 모르겠다는 듯 귀여운 얼굴로 고개를 갸웃거렸다.

"자물, 뭐?"

"넌…… 누구냐?"

"응?"

군다리가 무슨 소리냐며 눈을 동그랗게 뜨다가 이내 배시시 웃었다.

"이런. 너무 티 났어?"

"……!"

"……!"

그 순간, 항삼세는 수인을 맺으려 하고, 대위덕은 뿔을 곧추 세우며 몸을 한껏 물렸다.

싸울 생각은 않는다.

그저 이 자리를 탈출하려 하지만,

"이미 늦었느니라."

군다리가 악동 같이 웃으며 손바닥을 펼치며 검붉은 석영을 선보인다.

석영이 붉은빛을 토해 내면서,

화아아아아아아악!

그들을 둘러싼 공간이 바뀌었다.

그것은 바다처럼 끝도 없이 넓게 펼쳐진 연못이었다.

수백 명도 채울 수 있을 만큼 거대한 연꽃이 가득 만개
한 연못.

수보리가 지호를 가두기 위해서 만들었던 심상 세계.

하지만 그때와는 여러모로 달랐다.

당시에는 지호가 수보리의 손바닥 위에 덩그러니 놓였지
만, 지금은 명왕들이 모두 지호의 손아귀에 붙잡혀 버리고
말았으니까.

좌르르르르르륵!

항삼세와 대위덕은 덫에 걸려들었단 사실을 알고 살짝
당황해하며 주변을 두리번거리다 갑자기 하늘에서 쇠사슬
이 딸려 올라가는 소리가 울리자 고개를 높이 들었다.

그러다 흠칫 굳어 버리고 말았다.

하늘에서부터 길게 내려온 쇠사슬. 그 끝에 군다리가 누
에고치처럼 칭칭 감겨 있었다. 피를 뚝뚝 흘리는 잔혹한
몰골을 하고서.

"저, 저, 저……!"

"이 노오오오오오옴! 감히이이이이이이이!"

그들의 얼굴이 대춧빛으로 물든다. 노호성이 쩌렁쩌렁

하게 울린다.

감히 명왕을 함부로 박대하는 놈을 향해 분노를 드러낸다.

하지만 지호는 눈 하나 깜박하지 않았다. 쇠사슬 바로 옆에서 보이지 않는 의자에 한쪽 다리를 꼬고 앉아서 입꼬리를 크게 말아 올렸다.

화안금정 아래로 잔혹한 송곳니가 드러났다.

"그럼 아까 전에 다 못한 이야기 좀 나눠 볼까? 태양은 왜 필요한 것이며 반고는 뭐고, 비로자나불은 또 뭔지?"

*　　　*　　　*

그 순간, 바깥쪽 등림에서는,

"쿠어어어어어어어!"

환희에 찬 과보의 울음소리가 울렸다.

*　　　*　　　*

성미가 급한 대위덕의 얼굴 위로 핏대가 잔뜩 올라온다. 두둑, 두두둑, 관자놀이에서부터 산양을 닮은 뿔이 잔뜩 올라온 채, 두 눈은 시뻘겋게 충혈된다.

사자후를 내지른다.

"용서치 않겠다아아아아아, 제천대서어어어어엉!"

콰아아아아아아아아앙!

대위덕은 딛고 있던 연꽃을 거세게 박차 허공으로 길게 몸을 날렸다.

얼마나 힘이 대단하던지 연꽃이 찢어져 흩날리고, 잔잔한 연못 위로 파문이 거칠게 퍼져 나간다.

"대위덕, 안 돼!"

항삼세가 뒤늦게 대위덕을 붙잡으려 하지만 이미 늦은 뒤였다.

무슨 수를 썼는지 몰라도 이곳은 지호의 심상 세계.

당연히 모든 것이 지호에게 유리하게 돌아갈 수밖에 없다.

하지만 대위덕은 전혀 그런 걸 신경 쓰지 않는 투였다.

그에게는 오로지 한 가지만이 보였다.

한갓 원숭이 같은 놈에게 명왕이 붙잡혀 있다는 것.

스스로 부처이자 명왕이란 사실을 최고의 명예로 삼고 있는 대위덕으로서는, 군다리가 저리 비참한 몰골로 붙잡혀 있는 건 절대 용납지 못할 일이었다.

지호로서는 오히려 그런 걸 바랐지만.

"멍청하긴."

그의 한 마디와 함께,

좌르르르르르르륵!

군다리를 묶은 쇠사슬 말고도 하늘에서부터 십여 개는
될 더 많은 쇠사슬이 내려왔다.

"하여간 좋은 말로 할 때 못 알아듣고 있다가, 겁나게 두
들겨 맞은 뒤에야 정신을 차리는 놈들이 있어요."

장난기 가득하면서도 차가운 웃음소리와 함께 쇠사슬이
일제히 움직인다.

휘리리리리리릭!

대위덕은 허공을 가로지르다 말고 얼굴로 덮쳐 오는 세
개의 쇠사슬을 보고 코웃음을 쳤다.

"우둔한 짓!"

명왕 중에서도 가장 강한 힘을 자랑하는 그로서는 이깟
쇠사슬이 우습기만 할 따름이었다.

단숨에 부셔 주마.

두 주먹을 한껏 움켜쥔다. 고오오오, 거대한 기세가 주
먹을 따라 횡횡 감기고, 법력이 실리면서 막대한 에너지가
응집된다.

그대로 내질러 터뜨린다.

콰콰콰콰콰콰콰콰콰쾅!

공간이 떠밀린다 싶더니 심상 세계 곳곳이 잘게 찢겨 나

가면서 폭풍이 쇠사슬을 덮쳤다.

대위덕은 쇠사슬이 산산조각 날 것을 의심하지 않고, 다시 힘을 끌어모아 이번엔 지호에게로 쏟으려 했다. 아니, 정확하게는 그 옆의 군다리였다. 멍청하게 당하긴 했어도 같은 명왕 먼저 구하고 봐야 하지 않겠는가!

바로 그 순간,

「피해라, 대위덕!」

별안간 항삼세가 내지른 외침.

대위덕은 본능적으로 두 주먹을 거두고 천근추의 수법으로 아래로 피했다.

쐐애애애애애애액!

세 개의 쇠사슬이 아슬아슬하게 대위덕이 있던 자리를 스쳐 지나가고,

촤촤촤촤촤촤촤촤!

폭발이 일어나면서 허공을 마구잡이로 할퀴어 놓는다.

얼마나 충격파가 대단하던지 한참이나 벗어났는데도 불구하고 격풍에 몸이 흔들릴 정도다. 아니, 영혼이 강하게 울린다.

마구 떨린다.

'내가…… 떨고 있어?'

대위덕은 격풍에 휘말렸다가는 몸뚱이가 남아나지 않았

을 거란 사실에 등으로 식은땀을 흘렸다. 그만큼 쇠사슬의 위력은 대단했다.

전력을 다한 일격을 단순히 파훼시킬 뿐만 아니라 이토록 위협적인 힘까지 보이다니.

그것만이 아니다.

대위덕은 찌릿찌릿하게 울리는 오른팔을 보고 두 눈을 크게 떠야만 했다.

팔이 썩어 가고 있었다.

분명 쇠사슬에 아슬아슬하게 긁힌 자국. 핏물이 흐르다 말고 시커멓게 죽은 색이 점차 팔 전체로 퍼져 나간다.

시간이 조금 지나니 이제는 아프거나 하지도 않는다. 도리어 감각이 마비된 듯 아무런 느낌도 들지 않는다. 당연히 손가락은 꿈쩍도 않았다.

「……팔을 잘라라. 어서!」

"뭣이?"

또다시 이어지는 항삼세의 심어.

대위덕은 무슨 소리냐며 항삼세를 돌아봤다.

항삼세는 다급한 표정으로 외쳤다.

「여의봉이다!」

"……!"

그제야 대위덕은 사태의 심각성을 깨닫고 왼쪽 손날을

바짝 세워 오른팔을 잘라 냈다. 상처에 긁힌 부위만이 아니라 어깨 통째로.

파스스.

떨어져 나간 팔이 아슬아슬하게 마저 썩어 가면서 가루로 변하는 것이 보였다.

만약 계속 팔을 뒀다면?

영혼은 통째로 저런 꼴이 되었으리라.

「그 쇠사슬은 마신들을 가둘 때 썼던 신진철이 형상화된 것. 묶이는 순간 여의봉에 갇히게 된다.」

"……제길!"

대위덕은 이제야 지호가 왜 이곳에 자신들을 불러 들였는지를 알 것 같았다.

녀석은 자신들을 봉인시킬 참이었다!

쉬리리리리리리릭!

그때 다시 쇠사슬이 채찍처럼 공간을 마구 후려치며 날아온다. 이번에는 네 개가 더해져 일곱 개나 되는 쇠사슬이 사방을 옥죄어 온다.

대위덕은 마치 그것이 먹이를 노리며 달려드는 뱀 떼 같다고 생각했다.

콰콰콰콰콰콰콰쾅!

정면에서 부딪치면 필패가 확실하다.

대위덕은 어쩔 수 없이 뒤로 쉴 새 없이 몸을 물리면서 쇠사슬이 접근하지 못하도록 계속 일격을 쏟아 냈다.

하지만 쇠사슬은 끈질겼다.

피할 것이라면 얼마든지 피해 보라는 듯이 방향을 이리 저리 자유자재로 바꾸면서 악착같이 따라붙고, 또 막을 것 이라면 어떻게든 막아 보라며 충돌해서 깨 버린다.

덕분에 대위덕은 도망치고 또 도망치면서 한없이 자꾸만 구석으로 내몰려야 했다.

"젠장! 젠장! 젠자아아아아아아앙!"

대위덕은 꼴사납게 도망쳐 다녀야 하는 자신의 신세에 분노를 내질렀다.

그러다 어느덧 연못에까지 이르렀다.

쿠아아아아아아아앙!

수면이 짓눌리고 부서지면서 어느덧 바닥에까지 닿는 다. 일곱 개의 쇠사슬은 연못을 마구 헤집으면서 대위덕을 잡아채려 한다.

이 이상은 바닥이다.

대위덕은 이대로 있다가는 정말 쇠사슬에 붙잡히겠다는 위기감에 발로 지면을 세게 밟았다.

'막는다!'

이미 궁지에 몰릴 대로 몰렸다. 영혼에 상처가 생기는

한이 있더라도 쇠사슬을 튕겨 내겠다는 생각으로 아바타라에 남아 있는 마지막 법력을 끌어올렸다. 두 눈에 실핏줄이 터지면서 뻘겋게 충혈되었다.

그 순간,

툭!

심장 한쪽에서 뭔가가 끊어지는 소리가 난다 싶더니, 갑자기 정도 이상으로 많은 법력이 봇물처럼 터져 나와 사지백해를 가득 물들였다.

아니, 그 정도를 넘어서서 모공을 따라 법력이 통째로 배출되어 배광을 일으킨다. 삽시간에 아바타라가 빛무리에 잠긴다.

연못은 대위덕의 영혼이 내뿜은 빛으로 물들었다.

그리고 빛이 가라앉았을 때,

파아아아아아아아!

연못이 단숨에 증발해 버린 자리에 거대한 크기를 자랑하는 명왕이 우뚝 서서 쇠사슬을 잡아채고 있었다.

깊디깊은 연못을 넘어설 정도로 어마어마한 크기. 희, 노, 애, 락 등 다양한 표정을 한 6개의 얼굴. 6개의 팔. 슬좌에 반가부좌를 튼 다리 역시 6개다.

서방에 놓이며 독사와 악룡을 찢어 죽인다는 명왕.

본체를 되찾은 대위덕명왕은 중앙에 놓인 분노 가득한

얼굴로 지호를 향해 일갈한다.

　　—노오오오옴! 이제는 네놈의 뜻대로 되지 않

　을 것이다!

·　대위덕은 자신만만했다.

　여태 자신이 잘못 생각하고 있었다.

　이곳은 심상 세계. 그래서 지호의 손바닥 위에 놀아나고
만 있다고 여겼다.

　녀석의 심상을 비추기 때문에 마신을 봉인하는 신진철로
부터 피할 수가 없다고만 여겼다.

　하지만 그걸 반대로 이야기하자면, 얼마든지 자신의 심
상도 비출 수 있단 뜻이 아닌가!

　아바타라가 아닌 진정한 명왕으로서의 힘을 되찾은 이
상, 제아무리 제천대성이라 해도 자신을 함부로 누르지 못
하리라.

　아니, 이참에 돌 원숭이 따위가 아무리 재주 좋게 날뛴
다 한들 결국 부처의 손바닥 위에 있다는 것을 똑똑히 가르
쳐 줄 속셈이었다.

　이미 녀석이 자랑하던 쇠사슬도 모두 이 손에 잡히질 않
았는가.

　좌르르르르르르륵!

　다른 쇠사슬이 하늘에서부터 내려와 쏟아진다.

―흥! 쓸데없는 짓!

대위덕은 코웃음을 치면서 남은 손을 앞으로 내뻗는다. 그래. 얼마든지 공격해 보아라. 그때마다 죄다 부숴 버려 여의봉을 토막 내어 주마.

대위덕이 내뻗는 다섯 개의 팔은 공간을 떠밀어 내면서 심상 세계를 자신의 색으로 물들이고 있었다. 이미 배광 때문에 그의 존재감이 지호를 압도하고 있는 중이었다.

아니나 다를까.

좌좌좌좌좌좌좌좌악!

대위덕은 쇠사슬을 모두 잡아챌 뿐만 아니라 어느덧 거대한 손아귀가 지호에게까지 다다르고 있었다.

거대한 그림자가 지호의 머리 위를 뒤덮는다.

―네놈을 이곳에다 가둬 주마!

대위덕은 도로 지호를 쇠사슬에다 묶어 여의봉에 가둬 버릴 심산이었다.

손아귀가 닫힐 때까지만 해도 지호는 아무런 행동도 보이지 않았다.

그저 담담하게 웃을 뿐.

"멍청하긴."

그 순간,

퍼버버버버버버버벙!

갑자기 대위덕이 여러 손에 나눠 걸쳐 쥐고 있던 쇠사슬이 일제히 폭발했다.

산산조각 난 파편들이 대위덕의 거대한 몸뚱이 전체를 일제히 마구 난도질했다.

—크어어어어어어어어!

대위덕은 고통에 찬 비명을 질러 댔다.

쇠사슬이 폭발하면서 쥐고 있던 손이 통째로 날아가는 것으로도 모자라, 파편이 본체 곳곳에 틀어박히면서 영혼을 마구 헤집어 놓은 까닭이었다.

덕분에 대위덕은 삽시간에 피투성이 몰골이 되어야만 했다.

그가 자랑하던 여섯 개의 팔은 모두 잘려 나가거나 터져 곤죽이 되었고, 여섯 개의 다리는 잘게 부서져 더 이상 앉아 있는 자세를 유지하는 것도 힘들었다.

엄청난 크기를 자랑하던 상체는 온통 상처로 도배되다시피 해져서 흉측하게 내부의 모습까지 드러날 정도였다.

부서진 쇠사슬, 정확하게는 신진철의 파편은 대위덕이라는 거대한 부처의 영혼에 단단히 틀어박혀 거머리처럼 힘이며 법력까지 몽땅 빨아들이고 있었다.

대위덕은 그제야 깨달았다.

이걸 노린 것이었구나.

내가 아바타라의 껍질을 벗어던지고 명왕으로 현신하기를 여태 기다리고 있었구나.

확실하게 잡기 위해서!

쿠쿠쿠쿠쿠쿠쿠쿠쿠!

결국 산채만 한 덩치가 좌로 힘없이 기울어지기까지 한다.

여태 가만히 앉아 있기만 하던 지호가 처음으로 움직인 것도 바로 그때였다.

탁!

지호는 축지를 밟아 여섯 개의 머리 중 가장 중앙에 있는 분노 어린 얼굴 위에 올라섰다.

―제……천……대……성……!

대위덕은 더 이상 말을 잇는 것도 힘겨운지 억지로 목소리를 쥐어짜 냈다. 하지만 여전히 그를 노려보는 시선에는 분노가 역력하다.

지호는 거울처럼 여섯 쌍의 눈동자에 비친 자신의 모습을 보면서 차갑게 웃었다.

"눈 깔아."

갑자기 하늘에서부터 쇠사슬이 대거 쏟아지면서 그대로 다섯 개의 머리통을 부숴 버린다.

―꺽……! 꺽……! 꺽……!

고통에 찬 대위덕의 몸뚱이가 활대처럼 위로 휜다. 그만큼 영혼의 한 단면이나 다름없는 머리가 부서져 나가는 고통은 이루 말로 표현할 수 없을 정도였다.

쇠사슬이 다시 움직인다.

마치 똬리를 트는 뱀처럼 대위덕의 본체를 칭칭 감아 버렸다.

누에고치처럼 단단히 잠긴 상태가 되었을 때, 대위덕은 빛무리에 잠긴다 싶더니 다시 아바타라 때의 모습으로 돌아간다.

좌르르르르르르륵.

도르래에 딸려 올라가듯이 쇠사슬이 위로 움직이면서 대위덕은 낚싯대에 걸린 물고기처럼 대롱대롱 매달린 채로 지호 앞에 멈췄다.

녀석은 여전히 고통의 늪에 허우적대느라 정신을 차리지 못하는 중이었다. 흰자위가 뒤집힌 채 부들부들 몸을 떤다. 이대로 뒀다가는 정말 정신이 나갈지도 몰랐다.

"너무 심했나? 이 꼴이면 얘기 나누기도 힘든데. 뭐, 이놈만 있는 건 아니니까."

지호는 난감하다는 듯이 검지로 볼을 긁적이다가 옆으로 시선을 돌렸다.

바닥에서 우두커니 서 있던 항삼세가 움찔거린다. 그렇

게 거친 격전 속에서도 용케 다치지 않고 있었다. 하지만 이미 녀석의 주변에도 쇠사슬이 둘러싼 채 언제라도 낚아챌 준비를 하고 있었다.

"넌 어쩔래?"

항삼세가 움찔거리다 이내 한숨을 내쉬었다.

이미 대위덕을 압도적으로 찍어 누르는 지호의 힘을 보지 않았던가.

쓸데없는 저항은 피만 부를 뿐이었다.

"항복…… 하겠소."

항삼세는 고개를 떨어뜨리며 운명을 받아들였다.

하지만 바로 있을 줄 알았던 반응이 없다.

"아니다. 미안. 생각 바뀌었어."

"자, 잠깐……!"

항삼세가 다급히 뭐라고 말하기도 전에,

휘리리릭, 좌아아아아아악!

쇠사슬이 거세게 움직이면서 항삼세를 부숴 버렸다.

*   *   *

항삼세는 과거, 현재, 미래에 걸쳐 사람의 마음을 어지럽히는 세 가지의 독, 즉, 탐(貪, 욕심)과 노(怒, 화)와 우(愚,

어리석음)를 무릎 꿇린다고 한다.

또한, 두 손으로는 결인을 맺고, 다른 손으로는 활과 화살을 쥐며, 왼발은 번뇌를 상징하는 마혜수라를 밟고, 오른발로는 소지를 의미하는 오마비를 눌러 두 가지의 장애도 끊어 내기까지 하니.

항삼세는 밝음을 좇고 '앎'을 가져다준다.

그렇기에 두 눈은 감고 있어도, 직접 보는 것보다도 훨씬 깊이 상대를 꿰뚫어 보고 모든 수를 내다본다. 지혜가 하늘에 닿으니 아라한에 이를 데가 없다.

덕분에 지호는 항삼세에게서 많은 것을 알 수 있었다.

"쿠륵…… 쿠륵……."

항삼세는 축 늘어진 몰골을 하고서 쇠사슬에 길게 매달렸다.

꼭 감겼던 눈동자가 강제로 열린다. 장님의 몸을 하고 있어 초점이 잡히질 않지만, 지호에게는 아무래도 상관없었다.

그에게는 녀석의 영혼으로 통하는 창구만 있으면 충분했으니까.

"보여라."

축융에게 그러했듯이, 화안금정을 항삼세의 영혼에 강제로 쑤셔 넣어 낱낱이 해체시킨다.

그 밑바닥에 있는 것까지 박박 긁어낸다.

항삼세는 작살에 꽂힌 잉어처럼 몸을 아등바등거렸지만 자신이 가진 모든 것을 내줘야만 했다.

부르르.

고통에 찬 몸이 잘게 떨렸다.

*   *   *

끼이이익, 쿵!

문이 닫히는 소리와 함께 어둠이 내려앉는다. 심상 세계가 단단히 걸어 잠긴다.

그리고,

파스스스.

여의봉의 끝단을 따라 세 개의 명단이 더 새겨졌다.

軍荼利, 大威德, 降三世.

군다리, 대위덕, 항삼세.

지호는 명왕의 명단이 제대로 자리 잡은 것을 확인하고

여의봉을 거둬들였다.

"놈들은, 좀 어때?"

―조용해. 엄청.

청룡이 대답했다.

지호는 그럴 것이라며 고개를 끄덕였다.

과거 72마신이 그러했듯, 그들 역시 깊디깊은 잠에 든 것이리라.

아마 이번 싸움에서 얻은 상처를 치료하는 것만 하더라도 족히 수백 년은 필요로 하리라.

―그런데 이제 어떻게 할 거야?

"글쎄. 일단은 막아야겠지?"

지호는 항삼세뿐만 아니라 군다리와 대위덕의 영혼까지 해체하면서 많은 사실을 알아낼 수 있었다.

'자물쇠, 라.'

손을 살짝 펼친다.

여전히 불씨가 남아 있는 식은 태양이 떠오른다.

그걸 내려다보는 지호의 눈이 깊게 내려앉았다.

놈들이 말한 식은 태양, 혹은 자물쇠의 정식 명칭을 작게 읊조린다.

"수인의 불꽃……."

"시, 식은 태양은…… 수, 수인과 여, 염제의 분
신과도 같은 거, 것이오……."

항삼세가 부들부들 떨면서 했던 말이 떠오른다.

아주 오랜 옛날.

상고 시대에서도 태초를 넘어온 지 얼마 되지 않은 아주
초창기의 시대.

불이란 것이 있어 모든 생명에게 있어 위협적이었다.

아직 집을 모르고, 농사를 모르며, 글자를 모르던 인간
들은 불이 너무나 무섭고 두렵기만 했다.

그때 누군가가 인간에게 처음으로 불을 다루는 법을 가
르쳤다.

불을 사용해 갓 잡은 고기를 굽고, 공포만이 자리 잡던
밤의 어둠을 밝혔으며, 호시탐탐 그들을 노리는 맹수의 위
협으로부터 보호해 주었다.

인간들은 그런 그를 신으로 떠받들었다.

그가 바로 삼황 중 한 명인 수인.

불과 빛을 관장한다는 신이었다.

그리고 세월이 흘러 인간들은 불을 보다 자세히 다루는
법을 터득했다.

집을 만들고, 밤을 자신들의 것으로 만들었다.

또한, 무기를 만들었다.

뜨거운 불을 심은 화로를 이용해 청동과 구리를 녹여 탄생한 무기는 보다 강한 힘을 상징했으니.

신의 뜻을 밝히고, 강한 힘을 쟁취케 한다.

이보다 더 신성시할 만한 것이 어디 있으랴!

세상 모든 인간들이 불을 떠받들었다.

하지만 불을 다룬다는 것은 아주 위험한 일. 막중한 책임이 따른다. 때에 따라서는 그들을 잡아먹고 산을 태워버릴 수도 있었으니까.

그래서 대대로 불을 다루는 자는 수인의 후계자라 할 만한 사람에게만 물려졌다.

그것이 바로 염제.

불의 제왕이란 뜻이었다.

하지만 그 단어에서 가장 먼저 지호가 떠올린 건 다른 것이었다.

'염제 신농.'

삼황 중 마지막 인물이자, 열산의 왕이었으며, 통천교주 정위와 불의 거인 과보의 아버지이고, 희에 의해 몰락을 겪어야만 했던 사람.

강(姜).

"하지만…… 사람들이 몰랐던 것이 있소…… 수인으로부터 내려온 염제에게는 불을 관장하는 것 말고도…… 죽어서라도 반드시 누대에 걸쳐 해내야만 하는 사명(使命)이 있었소."

항삼세는 영혼이 낱낱이 찢기는 과정에서도 자신이 아는 것들을 모두 토로해야만 했다.

조금이라도 더 빨리 고통에서 벗어나기 위해서.

덕분에 지호는 수월하게 정보를 정리할 수 있었다.

"사명이라니? 그게 뭐지?"

"반고의…… 정수를 가두고, 지키는 것이었소."

갑자기 뜬금없이 흘러나온 말.

염제와 반고가 무슨 연관이 있다는 거지?

하지만 지호는 언뜻 뭔가가 머릿속을 스쳐 지나가는 것만 같았다.

옥황상제는 저승에 있는 반고의 정수를 거두기 위해 세상을 하나로 합치려 했다. 부처 일파는 이걸 막고자 저승으로 직접 건너가려 한다. 단, 그 과정에서 갑자기 식은 태양을 필요로 한다.

왜 그런 걸까?

"태초에 반고는 죽어 수미산이 되었소. 하지만 정수는 남아 땅속을 흘렀음이니…… 여와는 그것을 알고 자신의 창조물들이 그걸 탐할 것을 우려해 한 사람을 지목해 그것을 지켜봐 달라 부탁하였소."

"그것이 바로 수인."

"수인이 했던 바는 아주 간단했소. 수미산의 지하에 묻힌 반고의 정수가 깨어나지 않도록, 정수를 묶고 있는 쇠사슬과 자물쇠가 끊어지지 않게 계속 관리를 하는 것이었소."

쇠사슬? 자물쇠?
지호는 언뜻 짚이는 게 있었다.

"하지만 수인은 또한 신이기에 앞서 인간들에게는 영도자이기도 했으니. 인간들에게 불을 다루는 법을 가르쳐 주다, 끝내 홀로 그 업을 감내하기가 힘들어 후예를 낳고, 낳으며, 또 낳아 염제의 자리를 물려주었소."

"그러다 마지막 삼황인 신농이 그 자리를 물려받았지."

"그러나 알다시피…… 신농은 몰락하였소. 천신과 마신, 두 진영의 더러운 탐욕 어린 싸움에 휘말리고 만 게지. 그리고 그때를 기점으로 염제의 대(代)가 끊어지고 말았지."

"쉽게 말해 반고의 정수를 묶어 둘 쇠사슬과 자물쇠를 다룰 자가 없어졌다, 이 말이오."

반고를 묶을 자가 없다?
그렇다는 건 잠들어도 잠들지 않은 반고가 깨어날 수 있단 뜻이 아닌가.

"세상이 어찌 알겠소? 염제의 대는 사실 아무도 모르게 다른 전인에게 이어졌다는 사실을?"

지호는 그때 과보를 떠올렸다.

염제 신농의 아들로서 불을 다루던 거인.

그라면 염제라 할 수 있지 않을까?

하지만 항삼세는 그 말을 듣더니 갑자기 파안대소를 터뜨렸다.

　"허허허허허! 과보? 그 우둔한 아이가? 분명 그 아이는 책임감은 있지만, 그런 막중한 임무를 맡을 그릇이 아니었소. 신농은 그 사실을 너무나 잘 알고 있었지."

　"해서 다른 이에게 물려줬다오. 그릇이 되는 이에게."

항삼세는 웃음을 뚝 그치더니 진지한 얼굴로 지호를 바라봤다.

그러더니 말했다.

　"바로 그대에게."

그랬다.

염제의 자리를 물려받은 존재는 지호와 손오공의 근원,

려였다.

어쩌면 당연하다 할 수도 있었다.

염제 신농에게 있어 열산을 몰락시킨 희와 대적하는 려야말로 정녕 자신의 뜻을 제대로 이어받을 수 있는 그릇이었으니까.

그 뒤로도 항삼세의 설명은 계속 이어졌다.

"하지만 려 역시 몰락을 겪어야만 했으니."

"결국 그의 존재는 갈기갈기 찢겨 곳곳으로 흩어지고 말았으니. 그 모습이 마치 태양이 떨어진 것과 같이 보여졌소. 그리고 그 조각들은 그의 염원을 따라 반고를 속박하는 자물쇠가 되었지."

"그중 하나가 바로 이곳이오."

"태양이 떨어진 곳. 과보가 지는 태양을 찾아 달려 도착한 곳. 정확히는…… 제 아비의 뜻을 잇고 제 주군의 일부가 묻힌 곳. 등림."

"이곳은 바로. 그대의 무덤이라오."

그러면서 한 마디를 덧붙인다.

"어쩌면 그대가 빛이라는 신위를 가지게 된 것
도…… 인과율이 맺은 운명이라면 운명일지도 모를
일이지. 아니 그렇소?"

그 말을 끝으로 항삼세는 여의봉에 봉신되었다.

"……내 무덤?"

지호는 주먹을 꽉 쥐어 다시 식은 태양을 숨기면서 짜증
섞인 목소리로 중얼거렸다.

"취향 한 번 더럽네. 개새끼들."

손오공이 말했듯이 려와 자신들은 영혼만 같을 뿐, 전혀
다른 존재다. 지호와 손오공이 서로 다른 존재이듯이.

그래도 지호로서는 자신을 이용하고자 무덤을 파헤치려
했던 놈들의 정신머리가 짜증 나기만 했다.

"하여간 이 무덤들이 전부 반고를 결박한 자물쇠를 가둔
곳이란 말이지? 놈들은 그걸 원하고 있고."

지호는 검지와 엄지로 눈덩이를 매만졌다.

이로써 부처 일파가 노리는 바는 알게 되었으나, 여전히
골치 아픈 건 완전히 가시질 않았다.

"하나만 묻자."

"무엇이든지. 그저 조금이라도 더 빨리 이 고통을 달래 주길 바랄 뿐이라오."

"이 사실 알고 있는 놈, 몇이나 되지?"

"그대가 려라는 사실을 말이오? 아니면 반고가 깨어날 시기가 얼마 남지 않았단 사실이 말이오? 그도 아니면……."

"전부."

"상제와 여래뿐이오. 수보리와 내가 알게 된 건 얼마 되지 않았소. 하지만 조금은 더 있을지도 모르지……."

머리 아픈 건 일단 뒤로 밀어 두고, 부처 일파가 노리는 바나 막자. 저들이 뭘 꾸미든지 간에 저승의 문을 열 기회만 주지 않는다면 모두 이뤄지지 않을 것들이니.

지호는 그렇게 생각하면서 천천히 걸음을 옮겼다.

우선은 려의 무덤이라는 이곳 등림을 다시 조용히 묻을 생각이었다.

이미 태양풍이며 여러 신의 파편, 아바타라들이 흘린 기운 때문에 공간이 왜곡되기 시작한다. 이대로 둔다면 절지천통에 구멍이 생길 수 있었다.

뚜벅. 뚜벅.

천천히 과보에게로 다가간다.

"우어어어어어어!"

과보는 어느새 힘이 다한 나머지 반대편이 뚜렷하게 보일 정도로 희미해지고 있었다. 그래도 지호가 다가오니 반갑다며 커다란 팔을 허우적댄다.

"우어! 우어어어! 우어어!"

과보는 하고 싶은 말이 많은지 뭐라고 자꾸 웅얼댔다.

지호는 그런 녀석의 팔을 잡아 조용히 내려 주면서 얼굴에 다가갔다. 하나만 남은 큼지막한 눈동자에 거울처럼 자신의 모습이 담긴다.

자세를 숙이면서 눈 부위를 손으로 쓰다듬었다.

"수고했어."

과보의 애꾸눈이 빙그레 호선을 그리더니 이내 스르르 감긴다.

그러자 기다렸다는 듯이 등림도 희미해져 간다.

이곳은 려의 무덤이면서, 또한 과보의 무덤이기도 한 곳.

진정한 안식을 찾은 그를 따라 등림도 제 소용을 다하고 서서히 사라지는 것이다.

그리고 완전히 눈이 감겼을 때,

파아아아아아……!

려의 무덤을 비롯한 등림 전체가 사라졌다.

겨울눈을 녹이는 봄철의 햇살처럼 따스한 한 줄기 바람을 남기고서.

46장

저오능

항삼세가 한 말은 이렇게 이해할 수 있으리라.

'려의 존재는 갈기갈기 찢겨져 여러 곳으로 흩어졌고, 각 조각들은 반고를 속박하는 자물쇠가 되었다.'

하지만 이 말은 달리 말하자면 이런 뜻도 될 것이니.

'자물쇠 중 하나를 열면 저승의 가장 밑바닥에 묻힌 반고에게로 닿을 수 있다.'

즉, 자물쇠를 연다는 것은 저승의 문을 연다는 뜻이기도 한 것이다.

그래서 부처 일파는 우선 자물쇠를 필요로 했다.

하지만 려의 무덤이 모두 몇 개인지 아는 사람은 없다. 효마라는 단어라면 모를까, 려란 존재를 알고 있는 사람도 아주 적다.

하지만 부처 일파는 오랜 조사와 몇 번이고 반복되는 예지 끝에 세 곳을 알아낼 수 있었으니.

각 무덤은 태양이 떨어졌다고 알려진 장소들이며,

'려를 따르던 이들이 묘지기로 남아 있는 곳.'

*　　　*　　　*

시커먼 어둠과 어마어마한 압력만이 있는 심해.

지호는 익숙하지만 결코 익숙해지기 힘든 환태평양 조산대에 도착했다.

응룡이 오랜 세월 동안 자리 잡고 있던 곳.

'과보가 등림을 지키던 묘지기이듯, 응룡 또한 려의 묘지기였어.'

그땐 응룡의 업을 이어받고 월궁으로 오를 준비를 하느라 정신이 없었으니. 하지만 항삼세가 해 준 말을 바탕으로 고민을 하던 와중 영혼 깊숙한 곳에 내재되어 있던 기억이 떠올랐다.

려의 또 다른 무덤이 어디에 있는지.

바로,

'응룡이 누워 있던 곳.'

쿠르르—

지호는 근두운에 둘러싸인 채 화산으로 가득한 거대한 협곡 아래로 가라앉았다.

그렇게 얼마나 지났을까.

이대로 판 구조를 모두 통과해 멘틀에 닿는 게 아닐까 싶을 정도로 내려가길 한참.

이제는 선술로도 몇 센티미터를 밝히는 게 고작일 정도로 거센 어둠이 내려앉고, 근두운도 흔들린다 싶을 정도로 수압이 강한 곳에 다다랐을 때.

갑자기 저 머나먼 아래에서 희미한 무언가가 보이기 시작했다.

우우우웅.

아주 옅지만 지호의 영혼을 찌릿하게 자극한다.

심장이 거칠게 두근거린다.

등림을 찾았을 때와 똑같은 느낌.

지호는 하강에 더더욱 속도를 더했다.

희미했던 빛이 점차 커지더니 지호의 시야를 확 하고 덮는다. 그 순간, 따스한 감촉과 함께 영혼이 그대로 씻겨 나갈 듯한 행복감이 밀려온다.

보통 생명체라면 단번에 휩쓸려 이성을 잃을지도 모르는 쾌락. 마치 태중에서 고요히 눈을 감고 있는 태아처럼 편안함마저 느껴진다.

신이라고 해도 잠시 넋을 잃으면 휩쓸릴 것 같을 정도로 대단하다.

하지만 지호는 정신을 놓지 않고 손을 뻗었다.

이 빛은 응룡이 자칫 놓칠 수 있는 침입자의 접근을 막기 위한 방어책이었다.

스스스.

빛을 따라 잔잔한 파동이 일어나더니 곧 거대한 소용돌이를 그리면서 지호에게로 쏠린다. 마치 무대에 암막을 친 것처럼 빛이 단숨에 사라진다.

그리고 발아래로 동혈(同穴)이 나타난다.

동혈은 깊지 않았다. 착지해서 모퉁이를 한 번 도니 거대한 공동이 드러났다.

등림에서 마주쳤던 공동과 똑같은 공동.

벽면을 따라 여러 벽화가 그려져 있고, 중앙에는 제단이 높다랗게 세워져 붉그스름한 석영이 둥둥 떠다녔다.

저것이 바로 자물쇠.

려가 죽기 전에 남겼다는 유품.

그리고,

"응룡이 지키려 했던 것."

지호는 손을 뻗어 석영을 움켜쥐었다. 그 순간, 따스한 감촉이 기맥을 따라 흘러 들어오면서 영혼 속에 깊게 내재된 어떤 업을 자극한다.

웅. 웅. 웅.

마치 저 깊숙한 곳에 잠든 응룡이 울음을 토하는 듯하다.

끝까지 이 세상에 남아 자신을 보려 했던 응룡의 모습이 떠올라, 지호는 가슴이 묵직했다. 그러다 머리를 털며 짧은 여운에서 벗어나 주변을 둘러봤다.

너무 깊숙한 곳에 있어서 그런지 이곳은 등림과 다르게 아직 누구도 침입한 흔적이 없다.

"아직 여기는 오지 않은 건가?"

아니면 전혀 다른 곳에 있거나.

"……내가 바로 이리로 향하리란 걸 봤나 보네."

지호는 짜증 섞인 얼굴로 인상을 살짝 찡그렸다.

지금 자신과 수보리의 가장 큰 차이점을 꼽으라 한다면 예지안을 말할 수 있지 않을까.

수보리는 아마도 지호의 행방을 '읽었을' 터. 그렇다면 지호가 심해로 움직일 걸 알고, 괜히 남은 전력을 분산시키기보다는 한 곳에다 모두 쏟아 붓는 쪽을 택했을지 모른다.

아니, 그랬을 것이다.

지호가 본 수보리는 그랬을 사람이니.

또한,

"내가 곧 그쪽으로 가리란 것도 읽고 대비책을 마련했겠지."

지호는 짜증 섞인 얼굴로 인상을 살짝 찡그렸다.

시선을 살짝 들어올리자 석영 뒤편으로 마치 수보리가 이쪽을 보고 있는 것 같았다.

*　　　*　　　*

바둑판을 따라 흑돌과 백돌이 어지럽게 놓인다.

백돌이 흑돌이 이룬 집을 집요하게 파고들어 흑돌을 뒤흔드는 형세.

"비서사께서는 혹 제가 이 바둑판에 대해 예전에 했던 말을 기억하시나요?"

탁!

수보리는 바둑판 앞에 홀로 앉아 소리가 나도록 흑돌을 놨다. 마치 보이지 않는 누군가와 바둑을 두듯, 두 돌을 같이 놓는데도 진중하기만 하다.

조용히 옆을 지키던 라미가 조용히 입을 열었다.

"바둑이란 세상사와 크게 다를 바가 없다고 하신 말씀 말이신가요?"

"맞아요."

탁!

이번에는 백돌을 놓는다.

"바둑은 가로세로 모두 99개의 칸으로 이뤄져 수많은 형세를 낳는답니다. 하나를 놓으면 다른 하나가 수많은 가능성을, 그다음에도 수많은 가능성을 낳아 수도 없이 펼쳐지지요. 그 오랜 세월 동안 수많은 바둑이 벌어졌지만, 그중에 똑같은 기보는 단 한 번도 나타나지 않았지요. 마치 우리네 인생사처럼 말이에요."

이번에는 흑돌.

"그래서 바둑을 두는 사람들은 몇 수고 앞을 내다보려 한답니다. 수많은 가능성을 파악하고, 점지하고, 예측한 끝에 하나를 놓지요."

탁!

또 다음에는 백돌.

"마치 지금 이 앞에 앉은 제자처럼 말이에요."

그런데 여태 둔 것과 다르게 수보리는 백돌에서 바로 손

을 떼지 않았다. 고요한 눈빛으로 바둑판을 내려다보기만
한다.

놓인 백돌에 갇힌 흑돌 세 개가 자꾸만 시야에 아른거린
다.

하아!

수보리는 가볍게 한숨을 내쉬면서 갇힌 흑돌 세 개를 거
둬 옆에 놔둔 함에 던졌다.

꽤 긴히 생각해 둔 수들이었는데. 이렇게 잡힐 줄이야.

덕분에 단단히 결집되었던 흑집 전체가 흔들린다. 자칫
판세가 뒤집힐 수 있었다.

잡힌 흑돌은 각각 군다리와 대위덕, 그리고 항삼세였다.

그는 지금 지호와 바둑을 두고 있는 것이다.

흑은 수보리. 백은 지호.

"애초 이 판은 제자께서 족히 다섯 점은 깔고 시작하는
것이었어요. 이곳은 천계가 아닌 하계니까요. 때문에 세 명
왕까지 잡히신 까닭에 이미 판세는 저쪽으로 넘어가고 말
았답니다. 그럼 이제 어찌해야 할까요?"

바쁘게 움직이던 수보리의 손길이 처음으로 멈춘다.

시선은 여전히 바둑판을 꽂힌다.

"수를 읽어야 해요, 수를. 제자께서 이제 어떻게 나오실
지를 말이에요."

그때 오랜 고심 끝에 수보리가 흑돌을 들어 한 지점에 세게 내려놓는다.

따악!

어느 때보다도 경쾌한 소리.

수보리는 흡족한 미소를 띠면서 숙였던 허리를 꼿꼿하게 도로 폈다. 마치 다음 수를 기다리듯, 팔짱을 낀 채로 눈을 가느다랗게 좁히며 웃었다.

"자, 그러니 보여 주세요. 여태 제자께서 공격을 하셨으니, 이번에는 이 못난 스승이 어디 한 번 두어 보지요."

수보리의 눈에는 맞은편에 고심에 찬 지호가 앉아 있는 걸로 보였다.

*   *   *

지호는 식은 태양을 거둬들였다. 언젠가 원래 있던 자리에 놓아야 할 테지만, 당장 부처들의 개입이 끝날 때까지는 가지고 있을 생각이었다.

그리고 이제 남은 건 하나.

부처 일파는 거기에 있을 테지.

수보리가 거기에 함정을 파 놨으리란 생각은 한다. 아무런 대책 없이 그곳으로 가서야 호랑이 굴에 머리를 들이미는 꼴이란 걸 알지만, 그래도 당장 식은 태양을 빼앗기지 않기 위해서는 정면으로 치고 들어가는 수밖에 없었다.

찌이이익!

지호는 지체하지 않고 손날을 바짝 세워 공간을 길게 찢어 좌우로 크게 벌렸다.

그러자 찢긴 공간 너머로 또 다른 동굴이 나타난다.

등림과 응룡이 지키던 곳에서 본 것과 똑같이 수많은 벽화가 그려진 동굴.

그곳에는 여러 잊힌 신들이 묘지기로 예상되는 이를 상대로 싸움을 벌이고 있는 중이었다.

각자 벽면을 따라 불꽃을 뿌리고, 땅에다 서리를 내리고, 벼락을 모아다 터뜨리면서 전진을 시도하던 잊힌 신들은 갑작스러운 기척에 싸우다 말고 위를 올려다봤다.

그들과 눈이 마주친 지호는 지체하지 않고 쌍장(雙掌)을 내질렀다.

콰르르르르르르르릉!

화염륜과 함께 발출된 불길은 단숨에 공간 너머로 전해져 기존에 있는 것들을 모두 쓸어버렸다. 잊힌 신들은 뭐라고래고래 소리를 지르며 어떻게든 버티려 했지만 곧 가루가 되어 사라졌다.

탁!

지호는 결국 아무것도 없는 자리로 천천히 내려섰다.

삭막하고 후끈한 바람을 따라 손을 가볍게 휘저으며 걷는다. 곳곳에 흩어진 잊힌 신들의 업들이 강제로 지호에게로 귀속되는 걸 느끼며 묘지기 앞에 섰다.

"후우…… 후우…… 후우……."

묘지기는 지친 기색이 역력한 얼굴로 안색이 창백했다. 입에서는 단내가 흘러나오고, 전신에서는 피가 뚝뚝 흘러내렸다.

그러다 지호를 발견하고 흐릿하게 웃는다.

"왜 이렇게 늦었는가? 불청객들이 이리도 성화인데 주인이 오지 않고 손님더러 집을 지키라고 하는 게 어디 말이나 되는가?"

"죄송합니다."

진심에서 나온 사과인데도, 묘지기는 마음에 들지 않는 듯 이맛살을 살짝 좁혔다.

"흐으으음. 역시 자네는 그 녀석과 조금 달라. 그렇게 바로 사과를 해 버리면 재미없지 않나. 쯧쯧쯧."

실없는 농담을 하다가 피식 웃어 버린다.

"하여간 오랜만일세. 아니면 또 이렇게 만나게 되어서 반갑다고 해야 하나?"

지호는 고개를 끄덕이면서 무뚝뚝하게 입을 열었다.

"당신이 묘지기일 줄은 몰랐습니다."

"나도 내가 묘지기라는 걸 여기서 일어난 후에야 떠올렸다네."

"당신은 려와 적이었던 게 아니었습니까?"

"말하지 않았나. 애증이라고. 적이면서 친구이기도 했었지."

묘지기, 소호 금천이 짓는 미소가 짙어졌다.

*　　　*　　　*

옛날 옛적, 수미산이 있던 시절.

청양이란 나라가 있었다.

바다가 보이는 극동에 위치한 청양은 언제나 수많은 새가 날아들어 하늘을 가득 메우고, 농작물이 황금빛 물결을 만들어 내는 곳이었다. 그 아름다운 광경은 수미산에서 모르는 사람이 없을 정도였다.

특히 청양을 다스리는 왕, 소호 금천은 오제라 불릴 정도로 뛰어난 실력과 인품을 자랑했던 바.

덕분에 청양은 천신과 마신의 싸움에서 한 발자국 떨어져 중립을 지키며 안위를 보존할 수 있었다.

그러다 알게 되었다.

용과 새가 날아다니고, 비구름과 불 폭풍이 흩날리던 탁록의 전투에서 려가 패배했단 사실을. 그리고 깊은 감옥에 투옥되었단 말을 들었다.

소호 금천은 가슴이 쓰라렸지만 나라를 위해서는 어쩔 수 없었다 위안을 하며 살아야 했다.

그렇게 얼마나 지났을까?

십 년에 가까운 세월이 흐른 어느 날. 희가 크나큰 군세를 일으키며 수미산의 일통(一統)을 이뤄 가던 어느 날.

여느 때와 다르지 않게 업무를 보고 곤히 잠자리에 들려 했는데…… 누군가가 밤중에 조용히 찾아왔다.

그는 새카만 투구를 뒤집어쓰고 까만 찰갑을 입고 있었다. 검은 마기를 줄줄 흘리며 허리춤에는 기다란 장검을 패용한 사내를 본 순간, 소호 금천은 숨이 턱 막히고 말았다.

"너는……!"

희가 수미산의 가장 깊숙한 지하에다 만들어 놨다던 감옥, 무간에 갇혔다던 려가 그곳에 있었다!

—오랜만이구나, 설. 그래도 그동안 용케 이 몸을 잊지는 않은 모양이야.

려는 전장에 설 때면 언제나 적들을 공포로 몰아넣는 복장을 하고서 차갑게 말했다.

투구 아래 그림자에 짙게 가려져 얼굴이며 표정은 알아

볼 수 없었지만, 그림자를 뚫고 흘러나오는 안광은 도깨비불처럼 차갑고 서늘했다. 선혈처럼 짙은 붉은색이었다.

말없이 순박하고 착하기만 하던 옛날의 려는 더 이상 그곳에 없었다.

오로지 분노와 원한으로 똘똘 뭉친 마신만이 있었다.

려는 훗날 효마검이라 불리게 될 철검을 소호 금천의 목젖에 갖다 댔다.

—그래. 이 몸을 배신한 대가는 어떠하던가? 평화를 얻었던가? 아니면 안위를 얻었던가? 달콤했는가? 달콤했겠지. 그렇지 않으면 이 몸을 버리고 그토록 간악한 희를 택하지는 않았을 터이니.

"난……!"

—변명 따윈 듣고 싶지 않다. 미안하다는 사과 또한 듣고 싶지 않다. 이미 결과는 정해졌고, 네가 내릴 수 있는 선택 또한 하나밖에 없지 않은가?

날카로운 마기는 소호 금천의 목젖을 에워쌌다.

려는 새빨간 안광을 더욱 밝히며 입술을 달싹였다.

—그러니 택하라. 참회를 할 것이냐? 아니면 또다시 배신을 할 것이냐?

려는 또 한 번 세를 규합해 희와 싸우겠노라고 말하고 있었다.

더 이상은 이전처럼 가만히 앉아서 멍청하게 당하지 않겠노라고. 이번에야말로 희의 목을 베어 수미산의 가장 깊숙한 무간에다 처박아 버리겠노라고.

그것은 소호 금천에게 있어 크나큰 짐이었다.

또다시 가슴 아픈 선택을 되풀이하라니.

소호 금천은 무엇을 선택하든지 그것이 후회가 되리란 걸 알고 있었다.

그렇다면 남은 결과는 하나였다.

나라에 도움이 되는 길을 선택하는 것.

"……미안하네."

예나 지금이나 대답은 정해져 있는 것이나 마찬가지였다.

자신은 홀몸이 아니었다.

수많은 백성과 신하들이 자신만을 바라보고 있었다.

그들을 위기로 내몰 수는 없지 않은가.

―그게 무슨 뜻인지는 잘 알 텐데?

"알지. 알고 말고. 하지만 과거로 돌아간다 하여도 나는 똑같은 결정을 내릴걸세. 자네 역시 한 나라를 이끄는 왕인 몸. 내가 왜 이런 선택을 내리는지는 잘 알지 않은가?"

―…….

"인정하게. 과거에도, 지금에도 결과는 같다네. 유웅은 승리하고, 판천은 패배할걸세."

—우리가 모자라다고 여기는 건가?

"아니. 너무 넘쳐흘러서. 행복해서. 위대해서 그런 것이라네."

—그게 무슨 말이지? 지금 말장난이라도 하자는 건가?

소호 금천은 쓴웃음을 지었다.

"그럴 리가. 말 그대로일세. 판천은 너무 부유하다네. 그리고 다들 행복하지. 그러면서도 용감했기에 언제나 승리만을 구가했지. 반대로 유웅은 어떤가? 언제나 가난하고, 떠돌아다니며, 인정을 받지 못했지. 언제나 억눌려 지내며 패배를 거듭했기에 패배가 무엇인지를 알고, 이것을 뒤집어 승리하는 법을 알게 된 걸세. 판천과 어깨를 나란히 하게 되고, 드디어 부딪치게 되었어. 자, 그렇다면 자네는 어디를 선택할 것인가?"

소호 금천은 투구 아래 맺힌 붉은 안광을 뚫어져라 주시했다.

"패배를 모르는 판천? 패배를 아는 유웅? 어디를 택할 것 같은가?"

—……

려는 아무런 말도 할 수 없었다.

그것이 무엇을 의미하는지 알기 때문에.

"희는 너무나 잘 알고 있다네. 유웅이 어떠한지. 자신이 어떤 존재인지를. 그리고 승리를 갈망하고 있지. 그렇기에 유웅은 이기고, 판천은 진 것이야."

소호 금천은 안타까운 표정이 되었다.

"인정하게. 자네가 어찌 무간에서 빠져나왔는지는 모르겠으나, 다시 전쟁을 벌인다 한들…… 자네는 다시 패배하고 말 게야. 희를 이길 수 없을 거란 말이네. 이미 십 년 전과 다르게 유웅은 수미산, 그 자체라 할 수 있어. 일통이 얼마 남지 않았단 말일세."

소호 금천은 간곡하게 부탁했다.

"그러니 이만 칼을 내려놓게. 더 이상 무의미한 피를 흘리지 말게나."

려는 한동안 아무 말도 없었다.

무슨 생각을 한 것일까.

그는 오랜 침묵 끝에야 입술을 열었다.

　　—칼을 내려놓으라고?

"그래. 이 이상의 희생은 없어야 하지 않겠나."

　　—그럼 이 몸의 백성들은?

"그건……!"

─내 신하들은? 내 가족들은? 내 소중한 사람들은? 그들은 어떻게 하라는 것이지? 왕을 잃어버리고 곳곳으로 흩어져 비참한 삶을 영위해 나가고 있을 그들은 어쩌란 것이냐? 그러면서도 끝까지 이 몸이 돌아오기를 기다리고 있을 그 애처로운 것들의 바람을 저버리란 것이냐?

"려……! 내가 말하고자 하는 게 그게 아니지 않은가!"

─아니. 네가 말하고자 하는 것이 바로 그것이다. 나더러 그들의 바람을 저버리라 종용하고 있는 것이다!

려는 분노로 얼룩진 눈빛을 하고서 외쳤다.

소호 금천은 그럴수록 안타까운 마음을 놓을 수가 없었다. 이제야 겨우 평화가 찾아왔다 여겼는데. 이렇게 다시 수미산이 크나큰 전화(戰火)에 휩싸이는 것을 봐야만 하는 것일까?

그는 자신이 이토록 한없이 약하구나 하는 생각을 처음으로 가지게 되었다.

남들이 오제 중 한 명이라 치켜세우면 무엇 할까.

극동을 다스리는 최고의 왕이라 숭상받아서 얻는 게 무엇인가.

이토록 분노에 싸인 친구들의 다툼을 말릴 수조차 없는

것을.

─좋다. 네 뜻이 그러하다면 어쩔 수 없지.

쩌어어어어어어엉!

철검이 칠흑처럼 새카만 어둠을 뿜어낸다.

소호 금천은 최후를 예감하고 가만히 눈을 감았다.

피하거나 도망칠 생각은 하지 않았다. 그저 담담하게 친구의 선택을 받아들일 생각이었다.

다만, 한 가지 부탁만은 하고 싶었다.

이것은 오롯이 자신의 죄이니, 부디 백성들은 용서해 달라고.

하지만 시간이 지나도록 칼날은 목젖에 닿지 않았다. 소호 금천은 이상하다 싶어 한참 후에야 겨우 눈을 떴다. 려가 있어야 할 자리에는 바람만이 불 뿐, 아무것도 없었다.

대신에 바닥에 '십(十)' 자 형태로 검흔(劍痕)이 하나 새겨져 있었다.

그제야 소호 금천은 려가 무엇을 말하고 싶은지를 깨달았다.

그것은 절연을 의미했다.

그 뒤로 소호 금천은 려가 탁록에서 흩어진 세를 규합해 흥기했다는 말을 들었다.

옛 판천을 중심으로 염제 신농의 열산을 끌어들이고, 유웅에 대적해 궁지에 내몰렸던 삼묘며 이제는 이름을 잃은 이들까지도 받아들였다던가.

그렇게 총 72개의 나라와 72명의 신이 한데 뭉치게 되었으니. 그들의 수장으로 있는 려는 '효마'라는 명칭이 붙어 수미산을 공포로 몰아넣었다.

훗날, 천신과 마신의 최후 전쟁으로 화자될 싸움은 너무나 길게 이어졌다.

그리고…… 소호 금천의 예상대로 효마는 패배했다.

전사했다는 말도 암암리에 듣게 되었다.

*   *   *

어쩌면 소호 금천이 묘지기로 있는 건 당연한 건지도 몰랐다.

여행을 하는 내내 끝없이 마주치더니 이렇게 또 만나게 되었다.

인과율은 성긴 것처럼 보여도 세상 모든 걸 덮을 만큼 촘촘하니, 인연이란 아주 단순한 것 같아도 아주 오래전부터 이어져 오던 것이 대부분이다.

소호 금천과 려.

알 수 없는 두 사람의 인연은, 수미산이 사라지고 그들의 존재가 없어진 오늘날에까지도 이어지고 있었던 것이다.

　소호 금천이 서서히 신격을 각성해 나가기 때문일까.

　아카식 레코드에 기록이 새겨지기 때문인지, 소호 금천에 관련된 기록들이 조금씩 보였다.

　지호는 그 기록을 통해 소호 금천과 려 사이에 있었던 일들을 볼 수가 있었다.

　"당신은…… 저를 찾고 있었군요."

　소호 금천은 말없이 가만히 웃었다.

　그럴수록 지호는 지난날 소호 금천이 겪었던 일들이 보이기 시작했다.

　희가 결국 수미산의 주인이 된 후, 소호 금천은 자신의 나라와 백성을 잘 부탁하노라 희에게 편지를 남기고 홀로 여행을 떠났다.

　어딘가에 있을 려의 무덤을 찾아서.

　"왜 저를 찾으셨던 것입니까?"

　"글쎄."

　"죄책감 때문입니까?"

　"그럴지도 모르지."

　소호 금천이 희미하게 웃는다.

　"하지만."

미소가 짙어진다.

"그보다 먼저 자네는 내게 있어…… 둘도 없을 벗이었기 때문이라네. 백성들을 위해 희를 택하였으나, 나 자신은 려를 택한 것이었지. 친구로서, 그의 마지막 모습은 봐야지 않겠는가?"

소호 금천의 눈가로 지난날의 기억들이 스쳐 지난다. 신격이 또렷해질수록 잊었던 사실들이 떠오른다. 그것은 지호에게도 똑같이 비쳐졌다.

"그러다 알게 되었다네. 려가 마지막으로 남긴 유진(遺塵)이 있다는 사실을."

지호는 그 유진이 무엇인지 알 것 같았다.

"식은 태양."

소호 금천은 고개를 끄덕였다.

"그렇다네. 정확하게는 반고의 정수를 묶어 둘 자물쇠를 지켜 달라는 것이었지. 그렇게 눈을 감았다면, 원통하게 스러져 갔다면 모든 걸 놓아 버렸을 터인데도. 그대는…… 그렇게 눈을 감으면서까지 수미산을 걱정했었다네. 자네는 그런 친구였던 게야."

"그렇습니까?"

"그렇다네. 해서 내가 이곳에 남기로 한 것이라네. 자네의 유진을 지키기 위해서."

소호 금천이 담담하게 웃는 낯 그대로 말을 잇는다.

"단순히 죄책감을 덜고자 남았다고 타박해도 좋다네. 모든 게 끝나고 나서 뒷북치는 꼴이 아니냐고 힐난해도 좋다네. 그대는 내게 무슨 말을 해도 될 자격이 있으니."

지호는 소호 금천의 눈빛에서 자신을 비난해 주기를 바란다는 걸 느꼈다.

그렇기에 말했다.

이렇게.

진심을 담아. 신의 목소리로.

"고맙다."

"……!"

소호 금천의 눈동자가 커진다.

"확실하게 알 수는 없으나…… 그대를 찾았던 당시, 이 몸은 그대를 원망한 게 아니라고 생각한다. 오히려 속에 담긴 이야기를 나누고자 갔던 것이겠지."

이번엔 지호가 웃는다.

"그대가 이 몸에게 친구이듯, 이 몸에게도 그대는 친구였을 터이니."

"……그렇군."

소호 금천이 포근하게 웃는다. 곡선을 그리는 눈동자에

살짝 눈물이 맺혔다.

"다행이군. 다행이야. 역시 이렇게 남고자 했던 것은 잘 못된 선택이 아니었어. 자네와 이렇게 이야기를 나눌 수 있었으니. 허허허허허허."

소호 금천은 속이 후련한 표정이었다. 그동안 얼마나 많은 세월을 앓는 벙어리처럼 살고 있었을까.

지호는 그런 모습에서 응룡과 과보가 비쳐졌다.

'려는…… 사랑 받고 있었구나.'

그렇기에 가슴이 따뜻해진다.

전생에도, 그 전에도 헛되게 살지는 않았구나 하는 사실에.

또한, 그렇기에 지호는 그들의 뜻을, 려의 뜻을 제대로 잇고 싶었다.

거기까지 생각이 미쳐서일까.

우우우우우우웅.

그때 소호 금천의 뒤편으로 무언가가 튀어 오른다. 식은 태양이 다른 어느 때보다 환한 빛을 발하고 있었다. 덩달아 소호 금천의 신격도 완성되어 간다.

"자, 그럼 우리들의 재회는 이쯤에서 잠깐 멈추도록 하고……."

소호 금천은 다시 웃는 낯으로 돌아오더니 갑자기 고개

를 위로 들었다. 아무것도 없는 천장이 보인다. 하지만 지호 역시 그를 따라 시선을 올리고 있었다.

마치 그곳에 뭔가가 있는 것처럼. 같은 곳을 보며 대화를 나눈다.

"한데, 전에 내가 말하지 않았던가? 석가를 경계하라고 말이야."

"하셨지요."

"내 말을 듣지 않았군."

지호가 피식 웃어 버린다.

"제 걸 노리는데 가만히 있으면 호구죠."

"허허허허허. 그런 면은 정말 려를 닮았어."

두 사람의 대화가 끝나기 무섭게 한 줄기 음성이 그들의 귓속을 파고든다.

—그대들 사이에 인사는 끝난 듯하니, 이제는 내가 인사를 해도 되겠지?

스르르륵.

천장을 따라 공간이 열리며 누군가가 나타난다.

기다란 장창을 쥔 여인, 라미가 활짝 열린 제 3의 눈을 따라 광명편조를 흩뿌리며 서 있었다.

지호는 재빨리 화안금정을 활짝 열어 라미 주변을 둘러봤다. 다른 뭔가가 숨겨져 있지 않을까 하는 생각에서였다.

하지만 이상하게 아무것도 보이지 않았다.

"뭐야, 너? 설마 혼자 온 건 아니겠지?"

지호의 낯이 저절로 일그러진다.

명왕 세 명이 자신에게 대적하다가 당했던 걸 그새 잊은 건 아니겠지?

수보리가 홀로 와도 승부를 장담할 수 없는 판국이건만. 아바타라 따위가 홀로 왔단 사실이 어이가 없을 지경이었다.

하지만 라미, 아니, 비서사는 그게 무슨 문제라도 되느냐는 듯 신의 목소리를 빌어 말했다.

—왜? 내가 홀로 온 것이 무슨 문제라도 되는가? 아니면. 설마 그대 하나를 잡고자 덫이라도 들 줄 알았던 것은 아니겠지?

너무나 당당한 태도.

지호의 눈이 살짝 크게 떠진다.

그 순간, 비서사가 낯을 잔뜩 일그러뜨렸다.

—정말 그렇게 생각했던 것인가? 하! 참으로 불쾌하구나! 그대는 대저 나를 누구라고 생각하는 것인가!

짙은 노성(怒聲)과 함께 미간에 맺힌 눈에서 광명편조가 확 하고 밝아지며 동굴을 가득 메운다.

그리고,

고오오오오오오오!

동굴 천장과 벽면을 따라 어마어마한 기운이 소용돌이치기 시작했다.

동굴이 금방이라도 무너질 듯 크게 흔들린다. 어디선가 생겨난 균열이 벽화를 뒤덮는다. 웅웅웅, 식은 태양이 거기에 반응해 다른 어느 때보다 환하게 빛난다.

분명 아바타라가 품고 있는 힘을 개방한 것에 불과하건만.

대체 이 정도의 기운이라니!

'명왕의 본체들이 내뿜던 것보다 더 강하다!'

지호는 그제야 깨달았다.

눈앞에 있는 자가 누군지를.

광명편조가 다른 어느 때보다 환하게 빛나며 비서사의 목소리가 쩌렁쩌렁하게 공간을 따라 울린다.

—**나는 비서사. 영혼과 세상의 생사를 결정하고, 생식과 파괴를 주관하는 자이니라!**

비서사(시바)라 하면 창조의 범천(브라흐마), 질서의 비뉴천(비슈누)와 함께 힌두교를 상징하는 세 주신 중 한 명이 아니던가!

비록 석가여래 아래로 들어가 격이 한 단계 낮아졌다지

만, 그것은 어디까지나 그의 인품에 고개를 숙인 것일 뿐. 절대 힘이 약해지거나 한 것이 아니다.

아니, 도리어 불가에 몸을 담으면서 부처로 거듭나 더 위대한 존재가 되고 말았으니!

설사 옥황상제라 하여도 그의 앞에서 망발을 지껄일 수는 없었다.

당연히 비서사로서는 함정을 판다는 생각 따윈 안중에 두지도 않았을 것이다. 함정으로 상대를 몰아넣는다는 것은, 자신이 약하다는 걸 의미하지 않던가!

이것은 그에 대한 모욕이나 다름없었다.

─그래도 여래가 비로자나가 될 아이이니 중하
게 쓰일 것이라 하여 어딘가 다르지 않을까 내심
기대를 하였었는데…… 오냐. 결국 그대도 천교
의 것들과 다르지 않다면 어쩔 수 없지.

비서사가 차갑게 웃는다.

─이 자리에서 눌러 주마.

말이 끝나기 무섭게 광명편조가 환하게 빛을 발하면서 동굴 전체를 물들였다. 식은 태양에 광명편조가 깃들면서 뜨거운 열풍이 불어닥쳤다.

지호는 비서사가 식은 태양을 바탕으로 심상 세계를 열려는 것을 깨닫고, 자신 역시 신위를 잔뜩 드러내며 힘을 개방했다.

손을 길게 내뻗는다.

황금색 물결이 찬란한 빛을 발하면서 광명편조를 따라 흘러들었던 새하얀 서광을 물리치려 한다.

빛과 빛이 부딪치고, 맞물리고, 뒤섞이다가 식은 태양 쪽으로 쏠렸다.

그리고,

화아아아아아아아악!

새로운 세상이 열렸다.

여태 지호와 수보리가 열었던 것과는 전혀 다른 모습을 한다.

주변으로 보이는 것이라고는 오로지 순백색뿐, 다른 어떤 것도 찾을 수가 없다. 방금 전까지 바로 옆에 있었던 소호 금천의 기척도 느낄 수가 없었다. 잔잔하게 흐르는 온기만이 감각이 살아 있음을 말해 준다.

　—이곳은 그대와 나의 심상이 서로 맞물리면서 탄생된 빛의 세계. 빛, 그 자체나 마찬가지일지니, 이곳에서 승리를 거머쥐는 자가 모든 것을 가지게 될 것이다.

신의 목소리가 울린 곳을 따라 시선을 돌리니 머리를 길게 늘어뜨린 여인이 가부좌를 튼 채로 차갑게 웃고 있었다.

한 손에는 자신의 키보다도 더 큰 창을 쥐고, 목에는 기다란 뱀이 똬리를 튼 채로 이쪽을 보며 혓바닥을 날름거린다. 특히 이마에 맺힌 반달에는 제3의 눈동자가 시린 빛을 토해 낸다.

파괴와 생식을 주관하며 3개의 눈으로 각각 과거, 현재, 미래를 투시한다는 부처.

비서사가 귓가까지 입술을 잔뜩 벌리며 외친다.

─신과 부처가 되어 굳이 골치 아프게 머리싸움을 하면 뭐 할까. 그저 자신의 자격을 드러내면 그만인 것을. 그렇게 생각하지 않나?

"자격이라……."

지호는 비서사의 목소리에서 짙은 호승심을 느꼈다.

'수보리, 이걸 노린 거였나?'

지호는 수보리가 파 놓았을 '덫'이란 게 무엇인지 이제야 짐작이 갔다.

어차피 무슨 함정을 놓건 간에 자신을 완전히 거스르는 건 어렵다. 그러니 아예 정면에서 부딪쳐 깨 버릴 심산인 것이다. 지호가 이곳이 함정인 걸 알면서도 직접 제 발로 찾아온 것처럼.

그리고 그 결과는, 이긴 사람이 모든 것을 가지는 승자독식의 구조.

　'바둑 같아.'

　지호는 어린 시절 할아버지로부터 잠깐 배웠던 바둑을 떠올렸다.

　치열한 수 싸움 끝에 상대를 잡아먹는 싸움.

　지호는 그 장대한 바둑판 위에 올라와 있는 것 같다는 생각이 들었다. 비서사 뒤편에 수보리가 가만히 가부좌를 틀고 앉아 이쪽을 내려다보는 듯한 느낌이 든다.

　하지만 생각은 거기까지.

　"그 말은 마음에 드네."

　쏴아아아아아아……!

　지호가 주먹을 세게 움켜쥐자 황금색 물결이 연꽃처럼 피어나 그를 에워싼다.

　"자격이 있는 사람이 전부 가진다는 거. 정말 마음에 들어."

　작은 웃음소리와 함께,

　촤륵! 촤르르륵!

　가슴팍에서부터 팔뚝까지, 살갗이 뒤집어지고 용의 비늘이 돋아난다. 옥황상제와 부딪쳤을 때보다도 훨씬 단단하고, 시푸르며, 아름답게 반짝이는 비늘.

지호는 백여 년 만에 처음으로 끌어낸 전력을 몸소 느끼며,

콰아아아아아아아앙!

지면을 거세게 박찼다.

쐐애애애애애애액!

빛줄기가 되어 단숨에 공간을 찢어 비서사에게로 날아든다.

비서사는 가부좌를 틀고 있던 자세를 풀고 창간을 세게 움켜쥐며 지호에게로 내뻗었다.

콰르르르르르르르!

　　　　　＊　　　＊　　　＊

"이 안으로 들어간 것이로군."

소호 금천은 갑작스러운 빛무리와 함께 사라진 지호와 비서사를 보면서 눈을 가느다랗게 좁혔다.

식은 태양은 다른 어느 때보다 환하게 빛을 발한다. 금방이라도 세상을 밝힐 듯이 뜨거운 열풍을 끝없이 토해 낸다.

그럴 때마다 소호 금천은 가슴 한편에서부터 차오르는 신기를 느낄 수 있었다.

그의 신위는 태양.

당연히 떨어진 태양이 원래의 열기를 갖춰 가니 자신 역시 덩달아 강해질 수밖에 없는 것이다.

그리고 신격이 완성되어 갈수록 잊었던 과거의 기억들이 하나둘씩 떠올랐다. 기억의 편린들은 머릿속에서 하나둘씩 퍼즐을 맞춰 가고, 둔했던 머릿속도 개운해지면서 전지와 전능을 되찾아 간다.

덕분에 잊힌 신들에 의해 다쳤던 상처도 아물면서 보다 냉정한 시선으로 이번 사태를 볼 수 있었다.

그는 이곳, 려의 무덤에서 지호와 수보리가 부딪친 것이 절대 단순한 우연이라 생각하지 않았다.

이것은 그저 시발점이자, 관문일 뿐이다.

지호가 앞으로 더 험난한 길로 나아갈 관문.

"……수미산 때부터 비롯된 일들이 결국 얽히고설키다, 이제 와서야 모습을 드러내려는 건가?"

소호 금천의 안색이 살짝 어두워진다.

"만약 그런 것이라면…… 참으로 험난한 길을 걷게 되겠구나, 옛 벗이여."

그러다 시선을 옆으로 돌린다.

"대체 저 아이에게 얼마나 많은 짐을 실으려고 하는 겐가? 석가는 무슨 생각을 하고 있는 것이야?"

"저 같은 미천한 제자가 어찌 스승님의 혜안을 짐작이나 할 수 있을까요? 그저 저는 못난 재주를 조금이라도 부려 이 세상과 제자에게 밝음을 가져다주려는 것일 뿐."

시선이 닿은 곳, 어느새 수보리가 앉아 있었다.

소호 금천의 이맛살이 살짝 찌푸려진다.

"예전부터 느낀 것이지만 그 혜안이란 것, 어디 있기는 있던가?"

"혜안을 읽을 수 있다면 혜안이 아닌 것이지요."

가볍게 도발을 해 봤지만 수보리는 담담하게 웃기만 할 따름이었다.

그럴수록 소호 금천의 표정은 점차 딱딱해졌다.

수보리는 당대 오제들도 함부로 할 수 없는 존재. 그런 이가 이리도 무한한 신의를 보내고 있으니 대체 석가여래는 어떤 존재라 생각해야 하는 것일까?

사실 소호 금천은 예전부터 석가여래가 두려웠다.

그는 언제나 웃는 낯을 한다. 서두르는 법 없이 언제나 느리며 따스한 말로 상대를 어루만진다. 하늘에 닿은 지혜를 바탕으로 고민을 들어 주고 해결해 준다. 그와 함께 있노라면 마음이 저절로 풀리고, 자신의 모든 것을 보여 주며 안기고 싶다는 느낌이 든다.

무한한 사랑. 자애(慈愛), 그 자체다.

차별 없이 모든 이들을 보듬는다. 인간이든, 축생이든,

신이든, 부처든, 보살이든, 그에게는 모두 품어야 할 소중한 존재들이다.

그렇기에 그를 따르는 존재들은 석가여래를 칭송한다.

그의 자비를 노래한다.

하지만,

'또한, 그렇기에 그에게는 세상 모든 것이 똑같게 보이지.'

석가여래는 모든 일에 있어 기준을 두지 않는다. 잣대 또한 보이지 않는다. 그저 보이는 것을 그대로 받아들이고 판단을 내린다.

이 얼마나 무서운 사상이란 말인가?

선인이든 악인이든, 선의든 악의든, 무슨 결과가 있고 무슨 의도가 있건 간에 보이는 것만 받아들이니, 때론 그의 눈에 비치는 세상은 모든 것이 부질없는 것으로 가득 찬 것이 아닐까 하는 생각이 들 때도 있었다.

그리고 그것은 달리 말하자면, 그가 어떤 기준을 정했을 때는, 그것이 절대적으로 작용한다는 뜻이기도 했다.

일을 처리하는 데에 있어서는 때론 관용도 필요하고 임기응변이 있어야 할 수도 있다.

하지만 석가여래가 하는 행사에 있어서는 그런 것이 절대 있을 수가 없으니.

그가 내리는 판단 전부가 절대적인 법칙인 셈이다.

그래서 소호 금천은 되도록 석가여래와 같은 자리에 있으려 하지 않았다.

그와 눈을 마주치고 대화를 나누고 있노라면 영혼이 모두 빨려 들어가는 느낌이었기에. 잣대가 없는 그의 세계관에 녹아 자신의 모든 것이 부정당할까 봐 두려웠다.

그리고 수보리는 그런 석가여래를 가장 많이 추종하고 닮았다 알려진 제자.

당연히 경계심이 들 수밖에 없었다.

"그보다 소호께서는 이제 어찌하시려는지요? 이대로 계속 제자를 도우실 생각이신가요?"

"내가 여기에 있는 이유가 뭐라고 생각하나?"

수보리가 활짝 웃었다.

"제자는 참으로 든든하겠습니다. 소호와 같으신 분이 옆을 지켜 주시니까요."

"그러니 여기에 개입할 생각은 하지도 마시게."

소호 금천은 식은 태양에 접근할 생각도 하지 말라는 듯 앞을 가로막았다. 그는 지호가 비서사와 제대로 싸울 수 있는 환경을 만들어 줄 생각이었다.

아직 신위가 모두 회복되지 않아 수보리를 제대로 막지는 못할 것이나, 수보리 역시 한쪽 팔을 잃어 법술을 사용하지 못하는 상황이니 어느 정도 시간은 벌 수 있으리라 여겼다.

하지만 수보리는 걱정 말라는 듯 고개를 저었다.

"이런. 오해가 있으셨나 봅니다."

"뭐?"

이게 무슨 소리지?

소호 금천이 미간을 살짝 좁히는데, 수보리가 화사하게 웃으며 대답했다.

아무렇지 않다는 투로.

"어차피 이 싸움은 비서사가 질 것이에요."

        *   *   *

'어차피 이 싸움은 비서사가 질 것이에요.'

비서사가 지호에 맞서겠노라고 나섰을 때, 수보리는 그녀를 보며 그렇게 말했다.

당연히 비서사는 발끈하고 말았다.

자신이 누군가? 파괴와 생식의 비서사다. 어찌 신이 된 지 백 년도 되지 않은 나부랭이 따위에게 진다는 말을 할 수 있는 걸까?

녀석이 다문천왕을 거꾸러뜨리고 옥황상제를 천계에다 가둬 버렸다는 말은 들었다. 이미 가진 바 실력이 예전의 제천대성과 비교해도 절대 뒤지지 않는다는 말도 들었다.

하지만 그뿐이라 여겼다.

소문이란 부풀려지기 마련이고, 제천대성 역시 어차피 석가여래에게 힘도 못 쓰던 자이니 신경 쓸 거리도 되지 못했다.

그런 보잘것없는 존재에게 진다는 말을 들었으니 화가 날 수밖에.

아주 잠깐이지만, 비서사는 수보리가 자신을 명왕 정도로 치부한 것이 아닐까 하는 의구심까지 가졌다.

명왕 중에서도 부동명왕이라면 모를까. 벼락과 천둥을 다스리는 제석천 같은 이들과도 어깨를 나란히 하는 자신을 그리도 무시하는 언사는, 제아무리 존경하는 수보리라 해도 용납할 수가 없었다.

그래서 이에 대해서 따졌지만,

"그 아이는, 제가 기른 아이랍니다."

수보리는 딱 잘라 그렇게 말했다.

비록 파문 제자라고는 하나, 제천대성은 자신이 기른 제자 중 가장 뛰어난 아이였노라고.

여기서 비서사는 아주 잠깐이지만 움찔거릴 수밖에 없었다.

수보리는 미래를 예견하는 탁월한 권능과 뛰어난 지혜로 유명하다지만, 그만큼 법술과 무술에 대한 이해도 아라한 중 최고라 불리던 이이기 때문이다.

그런 이의 정수를 제대로 물려받았다면…… 절대 무시할 수가 없다.

하지만 그래도 비서사는 자신을 믿었다.

그녀가 살아온 세월은 겁(劫)에 가까우며, 그동안 수많은 영웅들과 겨루면서 그들을 거꾸러뜨리고 살아오지 않았던가.

제아무리 수보리의 제자라 한들, 결국 아직 햇병아리에 불과하리라 여겼다.

그런데…….

콰콰콰콰콰콰쾅!

'어째서!'

쿠르르르르르르르!

'어째서……!'

퍼버버버버버버버벙!

"어째서야아아아아아아아!"

비서사는 폭발에 휩쓸린 채 처절하게 악다구니를 지르면서 거세게 튕겨 났다.

그녀는 이미 입고 있던 옷이 모두 찢겨지거나 새카만 그을음이 묻은 채로 온통 피투성이였다. 목에 걸고 있던 뱀은 머리가 잘려 나가고, 이마에 맺힌 반달도 잘게 쪼개져 우수수 떨어진다. 손에 쥐고 있는 창간 역시 금방이라도 부러질 것처럼 부르르 떨린다.

반면에 지호는 어떤가.

쐐애애애애애애애액!

황금색 물결이 폭발을 강제로 찢으며 이곳으로 단숨에 날아든다. 지호는 물결의 끄트머리에 서서 달려와 그대로 비서사와 충돌했다.

콰아아아아아아아아앙!

"큭!"

화염륜이 작렬하면서 비서사가 내지른 창을 그대로 박살낸다. 사방으로 불 폭풍이 토해지면서 잘게 부서진 파편이 튀고, 그사이로 비서사가 다시 튕겨 나간다.

충격파가 얼마나 대단했던지, 비서사는 거칠게 피를 토했다. 왼팔은 기이한 각도로 꺾여 뼈가 근육을 뚫고 나왔다.

지호는 한 번 잡은 승기를 놓치지 않겠다는 듯, 다시 비서사와 간격을 좁히면서 잇달아 주먹을 내질렀다.

퍼버버버버버버벙!

화염륜과 뇌벽세가 작렬할 때마다 남은 창자루가 부서지고, 왼팔이 뜯겨 나가면서, 가슴팍이 일그러지고, 다리뼈가 뭉개지며, 전신이 흉측한 화상으로 짓눌린다.

그야말로 일방적인 패배.

비서사는 처음에 지호의 자격을 시험하겠다고 자신만만하게 외쳤던 것과 다르게 도무지 정신을 차릴 수가 없었다.

거머리처럼 따라붙는 지호를 떨쳐 내기 위해 전력을 다해 주먹을 휘두르기도 한다. 산자락 하나쯤은 우습게 날릴 수 있는 일격이다. 하지만 지호는 그걸 옆으로 흘리면서 품속으로 단숨에 파고들어 와 팔꿈치로 그녀의 명치를 찍어 버린다.

비서사는 복부에 구멍이 뚫리는 어마어마한 고통을 감내하며 이를 악물고 몸을 옆으로 틀었다. 한때 바다를 가른 적도 있던 돌려차기로 지호의 목을 쓸어 가지만, 지호는 자세를 숙여 피하면서 어깨를 곧추세워 그녀의 등을 후려쳤다.

살갗이 터져 나가고, 근육이 뭉개지며, 척추가 그대로 으스러진다.

부처에 있어 육체란 단순한 껍질에 불과하다지만, 지호

가 내지르는 일격은 그 속에 있는 영혼에다 잇달아 짙은 상
처를 남겨 놓았다.

"어…… 째서……!"

비서사는 격통의 늪에 허우적대면서 끊어지려는 정신 줄
을 겨우겨우 붙잡았다. 새된 비명 소리를 흘리며 이 믿을
수 없는 사태에 의문을 계속 던졌다.

왜지?

왜 이렇게 속수무책으로 당하고만 있어야 하는 거지?

대등한 싸움이라면 이리 억울하지도 않을 것이다.

하지만 이렇게 일방적으로 당하기만 하다니.

어떻게 이럴 수 있단 말인가?

어떻게……?

'어차피 이 싸움은 비서사가 질 것이에요.'

순간, 머릿속으로 수보리가 던졌던 말이 다시 떠오른다.

그는 이 사태를 예지한 것이다. 이 참혹한 모습을, 이 끔
찍하고 믿을 수 없는 결과를 보고 말했던 것이다.

그녀는 묻고 싶었다.

어째서 이런 결과가 나온 것이냐고.

왜 예지에 이런 모습이 비친 것이냐고 말이다!

"어째서어어어어어어어어!"

비서사는 마지막 힘을 쥐어짜 비명을 질렀다. 다가오지 말라는 듯 세 뼘 정도 남은 창간을 휘둘러 지호를 물리치려 한다.

하지만 그녀는 알까?

그녀가 기나긴 삶을 살았다지만. 지호는 거기에 비해 터무니없이 짧은 세월밖에 살지 못했다지만. 그 짧은 세월 동안 얻은 것이 너무나 많다는 것을.

그녀가 부처의 자리로 만족해 안일해지는 동안, 지호는 끊임없이 부단히 노력하며 수많은 신들의 업을 잇고자 했다는 사실을 말이다!

쐐애애애애애애애액!

"이걸로 끝내자."

지호가 싸늘한 한 마디와 함께 쌍장을 채찍처럼 휘둘러 비서사의 목덜미와 가슴팍을 후려쳤다.

파지지지지지지지직!

샛노란 뇌기가 마치 먹이를 노리는 맹수처럼 잔혹한 송곳니를 드러내며 비서사를 갈가리 찢어 놓았다.

"……컥!"

비서사는 사지가 다 떨어져 나가거나 덜렁이는 참혹한 모습을 하고서, 입가로 새카만 탄내를 쉴 새 없이 토해 내다 천천히 허물어졌다.

눈가로 어둠이 내려앉기 전, 그녀는 얼핏 하늘에서부터 수많은 쇠사슬이 내려오는 걸 본 것 같았다.

*　　　*　　　*

소호 금천은 이맛살을 찌푸렸다.

"그게 무슨 말이지? 어차피 이 싸움은 지게 되어 있다니?"

그로서는 전혀 이해를 할 수 없는 말이었다.

저들은 지호를 제압하고 식은 태양을 가져가려던 게 아니었었나?

하지만 여전히 수보리는 알 수 없는 미소를 지었다.

"전투에서 지더라도, 전쟁에서 이기면 되는 것 아니겠습니까."

"무슨……?"

그 순간, 수보리가 품을 뒤적이더니 뭔가를 꺼낸다.

영롱한 빛을 발하는 구슬.

소호 금천은 그것이 무엇인지 몰라 이맛살을 더 크게 좁혔다가 이내 눈을 휘둥그렇게 떴다.

구슬에서 익숙한 기운이 풍기고 있었다. 지호의 기운, 아니, 정확하게는 제천대성의 기운이다.

투전승불의 사리였다.

"비서사께서 남기신 법력을 바탕으로 제자가 남긴 이것을 섞을 수 있다면……."

우우우우우우웅!

그때 투전승불의 사리가 수보리의 법력을 받아 환한 빛을 뿌린다.

한쪽 팔이 잘린 까닭에 수인을 맺을 수 없다면, 보다 뛰어난 법구를 이용하면 되지 않겠는가. 하물며 그것을 매개체로 상대를 잡을 수 있다면 금상첨화다.

"……제아무리 제자라 하셔도 어쩔 수 없으시겠지요."

수보리가 살짝 미소를 지었다.

＊　　　＊　　　＊

지호는 세 명왕들을 구속했을 때처럼 천장에서부터 쇠사슬을 끌어내려와 비서사를 잡으려 했다.

하지만,

좌르르르르르르륵!

쇠사슬은 비서사가 아닌 지호에게로 날아들었다.

제어가 되지 않는다.

그 순간, 지호는 깨달았다.

'사리!'

밖에서 수보리가 투전승불의 사리로 쇠사슬의 제어권을 빼앗아 버린 것이다.

이것이 바로 녀석이 쳐 둔 덫. 비서사는 미끼였다.

팟!

쇠사슬이 지호에게로 떨어졌다.

＊　　＊　　＊

웅, 웅, 웅!

식은 태양이 거칠게 떨린다. 금방이라도 부서질 듯이 꿈틀거리지만, 투전승불의 사리에서 흘러나온 빛무리가 식은 태양을 단단히 감싸면서 힘을 싣는다.

부수려는 힘과 막으려는 힘.

둘 모두 같은 영혼에서 비롯된 것일지니.

소호 금천은 어떻게든 손을 쓰고 싶었지만, 수보리는 그것을 허락지 않았다.

두 눈이 소호 금천을 가만히 주시한다.

하지만 수보리는 그를 보고 있는 게 아니었다.

소호 금천을 둘러싼 미래. 그가 어떻게 움직일지에 대한 모든 가능성을 내다보고 있었다.

그가 어떤 결정을 내리는 순간, 수보리는 거기에 맞는 대응책을 내놓을 것이다.

하지만 그렇다고 이렇게 멀거니 지켜보고만 있어야 하는 걸까?

"본인이 남긴 것을 바탕으로 되레 본인을 구속시킨다? 예나 지금이나 너희 부처들은 참으로 못된 짓을 하는구나."

소호 금천이 잔뜩 얼굴을 일그러뜨리며 노려봤다.

하지만 수보리는 담담하게 지은 미소를 풀지 않는다. 마치 그것이 당연하다는 듯.

결국 소호 금천은 허탈한 듯 한숨을 내쉬었다.

"그럼…… 그 후의 결과도 예지로 본 것이겠지?"

예지.

그 단어가 소호 금천의 가슴을 무겁게 꾹 눌렀다.

"제자께서는 지금 그저 방황하고 계시는 것일 뿐. 다시 시간을 들여 설득한다면 바른 마음으로 돌아오시리라 생각을 하고 있어요."

"그 바른 마음이란, 설마 비로자나인가?"

"역시 소호. 벌써 거기까지 생각이 미치셨군요."

칭찬 아닌 칭찬이다.

소호 금천의 눈가에 잡힌 수심이 깊어진다.

"그것이야말로 자네들의 오랜 염원이었으니까."

"빛은 어둠을 물리치고 세상에 질서를 가져다주는 성스러운 것. 그것을 품고 있는 제자께서 마음을 그리 먹어 주신다면, 이 못난 저라도 이 세상을 위해 뭔가를 한 것이 될 테지요."

"애초 제천대성을 품으로 끌어들였던 건…… 이때를 위함이었던 게로군."

수보리는 대답을 하지 않고 알 듯 모를 듯한 미소를 지을 따름이었다.

하지만 지금 소호 금천이 한 말은 아주 무서운 의미를 담고 있었다.

과거 수보리가 손오공을 제자로 거둬들였던 것이, 사실은 아주 오래전부터 치밀하게 짜인 계획이란 게 되어 버리니.

그럴수록 소호 금천은 수보리와 석가여래가 두려워만 졌다.

'대체 이들은 어디서부터 손을 대고 있었던 거지……?'

이렇듯 미래를 내다본다는 것은 무서운 것이니.

하지만,

'잠깐.'

소호 금천은 문득 그런 생각이 들었다.

'신을 예지로 내다본다?'

신이란 존재가, 그렇게 단순히 예단하는 것이 가능했던가?

순간, 소호 금천은 머릿속이 맑아지는 기분이었다.

"내 한 가지만 물음세."

"말씀하시지요."

"예지가 틀릴 경우는 정녕 없는 겐가?"

"왜 그런 말씀을 하시는지요?"

수보리가 이해를 못하겠다는 듯 의구심을 드러내다가, 슬쩍 뒤로 한 발자국 물러선다.

경계하는 표정이다.

그럴수록 소호 금천은 자신의 생각에 확신을 얻었다.

"지금처럼 말이네."

"......?"

"자네, 혹시 방금 내가 자네를 공격하는 것을 예지로 보지 않았나?"

수보리의 눈이 살짝 커진다.

그럴수록 소호 금천의 미소는 짙어졌다.

"만약 그렇다면 말일세. 이미 거기서부터 예지가 어긋난 것 같은데 말이야."

"……!"

수보리의 눈이 갑자기 커지며 투전승불의 사리에서 손을 떼려는 순간,

콰지지직, 콰아아아아아아앙!

갑자기 사리가 폭발하더니 황금색 빛무리가 수보리의 시야를 가득 메운다. 그리고 공간이 열리면서 팔이 튀어나와 그대로 수보리의 모가지를 움켜쥐었다.

컥! 수보리의 안색이 창백해졌다.

"……잡았다."

빛무리 사이로, 지호가 싸늘하게 웃었다.

*　　　*　　　*

뭐지? 대체 어디서부터 예지가 어긋난 거지?

수보리가 봤던 예지는 분명 소호 금천이 지호를 구하기 위해 날뛰기 시작하고, 자신이 그를 제압하면서 봉신을 완료하는 것이었다.

그런데 그게 엇나가 버릴 줄이야!

여태 예지가 이렇게 흐트러졌던 적은 단 한 번도 없었다. 당연히 수보리의 당황도 커질 수밖에 없다.

"스승님, 당신이 딱 한 가지 크게 실수한 게 있어. 뭔지

알아?"

벌어지는 지호의 입가 사이로 유독 송곳니가 훤하게 보였다.

"예지는 못 보게 막았으면서 화안금정은 막질 않았다는 거야."

"……!"

그제야 수보리는 자신의 실수를 깨달았다.

화안금정은 진실을 보는 눈. 그 눈을 통해 선술의 과정을 파악하는 것이 가능하다.

그걸 바탕으로 예지안의 구조를 꿰뚫어 본 것이다!

법술의 대가로서 해서는 안 될 실수를 저지르고 말았다. 아니, 정확하게는 지호의 수준이 이 정도로 높은 것을 파악하지 못했다는 것이 옳겠지.

지호는 이미 자신의 신위인 빛을 완벽히 통제할 뿐만 아니라 그 너머를 바라보고 있었다.

빛은 시간을 측정하는 단위. 그것을 자유롭게 다룬다는 것은 시간을 엿본다는 말과도 같다.

어느새 예지의 영역은, 지호에게 있어 아무렇지도 않게 되어 버린 것이다.

수보리는 자신의 멱살을 잡은 지호의 손길을 거부하고 싶었지만 이미 수인을 맺을 수 없는 몸으로 저항하기란 불

가능했다. 투전승불의 사리도 이미 지호에게로 제어권이 넘어가 버린 상태.

"……이런. 이 스승이 지고 말았군요. 제자께서 이렇게까지 성장하시다니. 청출어람이라. 참! 좋아해야 할지, 안타까워야 할지 잘 모르겠습니다."

쓸쓸하게 웃는 수보리를 향해,

"잘 가."

지호가 비웃음과 함께 손에 바짝 힘을 준다.

우드득!

수보리의 머리가 좌로 꺾였다.

파아앗!

동시에 손바닥에서 빛무리가 터지면서 기다란 쇠사슬이 튀어나와 수보리를 누에고치처럼 칭칭 감아 버린다. 그리고 식은 태양 안쪽으로 욱여넣었다.

지호는 어느덧 오른손에 잡힌 여의봉의 끝 부분을 확인했다.

스스스.

세 글자가 더해진다.

須菩提

"······하아!"

지호는 '수보리'란 글자가 확실하게 적힌 후에야 겨우 긴 한숨을 내뱉을 수 있었다.

긴장이 탁 풀렸기 때문일까.

현기증에 자기도 모르게 몸이 휘청거리기까지 한다.

소호 금천이 재빨리 다가와 그를 부축해 주었다.

"괜찮은가?"

"예. 괜찮아요. 아, 이제야 다 끝났네요. 제기랄, 힘들어 죽는 줄 알았네."

지호는 끝이 평평한 석순 끄트머리에 엉덩이를 살짝 붙이고 앉아 고개를 절레절레 흔들었다.

반호에서부터 여기에 닿기까지.

수보리 등과 머리싸움을 하느라 지쳤기 때문인지 피곤함이 엄습했다. 도대체 얼마 만에 느껴보는 피로인지 모를 정도였다.

그래도 이렇게라도 끝났으니 다행이려나.

지호는 당장 쉬고 싶은 마음을 억누르면서 소호 금천을 올려다봤다.

"우선 일단락은 지었는데. 이래도 계속 귀찮게 굴까요?"

"말하지 않았나. 석가는 절대 포기를 모르는 사람일세. 한 번 하기로 마음을 먹었노라면 어떻게든 그 일을 위해 일을 저지르고 말지."

"젠장."

"자네는 이미 골치 아픈 곳에 발을 들이고 만 것이야."

"골치 아프네."

지호는 끙, 하고 앓는 소리를 냈다.

소호 금천이 너털웃음을 흘린다.

"그래도 당장에 움직이지는 않을 테니 걱정 말게. 석가가 가장 아끼는 제자에 명왕 셋, 거기다 비서사까지 한꺼번에 잃어버렸으니 당장은 상제를 걱정해야 할 판국일 게야."

지호는 고개를 끄덕였다.

옥황상제 같은 능구렁이가 이런 좋은 기회를 놓칠 리 만무할 것이다. 그들을 견제하느라 최소 백 년 이상은 고생을 해야 할 테지.

생각을 끝낸 지호는 바지를 털고 일어났다.

"이만하면 됐고. 소호께서는 이제 어찌하실 생각이십니까?"

"글쎄. 맡고 있던 것도 주인이 되찾아 갔고. 이제 이렇게 있을 필요가 있나 싶네만."

소호 금천은 입가에 묘한 미소를 띠며 지호를 봤다.

"자네를 구경하고 있는 것도 꽤 재미가 있을 것 같아서 말이야."

지호는 질색하는 표정으로 주춤 물러섰다.

"남자 관심 같은 거 필요 없거든요?"

"허허허허허. 어째 자네 반응은 예나 지금이나 이리도 똑같은 건지. 역시 놀리는 맛이 있어."

한없이 웃음을 터뜨리는 소호 금천을 보면서 지호는 자신도 같이 따라서 웃고 말았다.

소호 금천의 눈동자가 호선을 그린다.

"나를 거둬 줄 수 있겠나?"

"예. 얼마든지."

"하면 부탁함세."

소호 금천이 지그시 눈을 감는다.

지호는 그쪽으로 손을 뻗어 활짝 펼쳤다. 손끝으로 황금색 빛 망울이 살짝 맺혔다가 터지자, 소호 금천이 불어오는 바람에 따라 잘게 부서진다.

더불어 그들을 둘러싼 공간도 같이 무너진다.

이곳은 려의 무덤이기 앞서 소호 금천이 자리를 잡은 곳. 등림이 그러했듯이, 이곳도 주인이 눈을 감으면서 같이 사라져간다.

대신에 그것을 이루고 있던 입자들은 거대한 소용돌이를 그리면서 지호에게로 내려앉았다.

소호 금천의 업은 실로 막대했다.

한때 태양을 상징하던 상급신이라 그런 걸까?

지호는 그를 구성하고 있던 모든 것들을 받아들이면서 신위가 한 단계 더 나아가는 것을 몸소 느낄 수 있었다. 더불어 수보리가 막아 뒀던 예지안도 조금씩 열리기 시작한다.

화아아악!

지호는 한동안 기분 좋은 황홀경에 젖었다.

동시에 심장이 거칠게 뛰기 시작했다.

두근, 두근!

심장은 영혼과 직결돼 있는 곳.

방금 전에 전신으로 받았던 태양의 신위가 심장으로 한데 응집되었다가 점차 영혼으로 흘러 들어가면서 반응을 보인 것이다.

마치 뜨거운 불길이 따스한 초원으로 들어가듯, 굵은 강줄기가 바다로 스며들 듯 태양의 신위가 빛의 신위로 서서히 스며든다.

그런데 신기하게도 태양의 신위는 곧장 빛의 신위에 녹아들지 않았다.

태양의 신위는 태곳적부터 내려오던 것. 그러니 마치 도도한 여인처럼 쉽게 허락지 못한다며 상대를 재는 것 같다.

지호는 순간 강제로 두 신위를 융화시켜 볼까 하는 생각
도 했다.

　하지만 곧 고개를 털었다.

　'아니. 자연스럽게 놔두자. 지금은.'

　신위란 법칙을 대변하지 않던가.

　그렇다면 그 법칙에 순응하면 될 일이었다.

　태양의 신위는 자신이 스며든 곳이 어떤 곳인지 확인하
려는 듯 점차 안쪽으로 들어가면서 곳곳을 기웃거렸다.

　덕분에 빛이 얼마나 깊고 넓은지를 알게 되었다.

　이곳은 바다였다.

　무한하게 펼쳐진 바다.

　모든 것이 밝고, 막히는 것이 없었다.

　어딘가를 떠돌건 간에 새로운 것투성이였다.

　그리고 그곳에는 수많은 것들이 살고 있었다.

　「호오. 이것은 무엇인고? 참으로 신기하고 또 신기하도
다.」

　귓가를 따라 어떤 의념이 들리는 듯하다.

　지호에게도 낯설지 않은 목소리였다.

　'사유.'

　지호가 세상을 떠돌면서 처음으로 마주쳤던 잊힌 신, 사
유.

분명 그를 받아들여서 더 이상 만날 수 없을 거라고 생각했는데 그가 있을 줄이야.

그만이 아니었다.

「그대는 참으로 우리에게 신기한 일을 많이 겪게 해 주는군.」

「허허허허! 이곳에 이리도 많은 벗들이 있었던가?」

「이렇게라도 보니 참으로 반갑군그래.」

곧 신위 안에서 여러 의념이 깨어나면서 저들끼리 정답게 이야기를 나누기 시작했다.

그들이 하나하나씩 깨어날 때마다, 빛의 신위도 한 차례 더 크게 일렁인다.

그 속에는 다시 볼 수 없으리라 여겼던, 보고 싶었던 존재들도 있었다.

「그렇군. 이렇게라도 만나게 되는군.」

오랫동안 자신을 기다렸던 응룡이 있었다.

「크어. 크어어어. 려! 려!」

과보도 있었다.

「내 부탁, 언젠가 들어줄 수 있겠나?」

반호도 있었으며,

「하! 이런 꼴이 되는 건 좀 우습긴 하군. 그래도 나쁘진 않아. 나쁘지는.」

팽조도 있었다.

여태 지호가 곳곳을 돌아다니며 만났던 잊힌 신들이 바로 이곳에 있었다.

더 강한 의념을 자랑하며, 아주 기쁜 마음으로.

이 때문일까?

잊힌 신의 의념이 하나둘씩 깨어나 강해질수록 이를 포괄하고 있던 빛의 신위도 서서히 짙어진다. 빛의 신위가 강해지니 이를 구성하던 의념도 덩달아 강해져 서로가 서로에게 영향을 미치는 순환의 고리가 만들어졌다.

무엇보다 잊힌 신들이 각자 갖고 있던 신위도 점차 뚜렷해졌으니!

빛이라는 거대한 신위 안에 서로 다른 신위들이 깨어나 모양을 갖춰 간다.

덕분에 어느 순간부터 새하얗기만 하던 곳 여기저기에서 새로운 색이 피어났다.

어떤 것은 파랗고, 어떤 것은 노라며, 또 어떤 것은 붉은 색을 띘다.

색들은 각자 서로 다른 특성을 지녔다.

파란 것은 하늘을, 노란 것은 땅을, 붉은 것은 불을……
물론 아직 제대로 된 기틀을 갖춘 건 아니었지만, 머지않아 그렇게 될 '씨앗'들이었다.

빛의 신위 안에서, 아니, 빛의 신위 자체가 새로운 세상이 될 준비를 갖춰 가고 있던 것이다!

—와아아아아! 지호야! 이거 되게 신기해애애애!

청룡이 환하게 웃는 소리가 들린다.

'어떻게 이런 게……?'

아주 작지만, 지호에게서만 모양을 갖춰 가는 세상.

이미 빛의 신위는 단순한 '빛'이 아니었다.

'세계'라는 틀이 될 수 있는 씨앗이었다.

지호는 어떻게 이런 이적(異蹟)이 이뤄질 수 있는지 어안이 벙벙했다.

「자네는 아직도 한 가지를 크게 착각하고 있구만.」

익숙한 목소리.

'소호?'

그리고 그제야 깨달았다.

지금 자신에게 이런 이적을 선보여 준 것이 소호 금천이란 것을.

「그래도 자네가 가진 신위건만. 이렇게 몰라도 되는가?」

'제가 뭔가를 놓치고 있는 겁니까?'

「그냥 놓치고만 있는 줄 아는가? 아주 크게 놓치고 있다네. 빛이란 말일세. 단순히 밝음만을 의미하는 것이 아니야. 커다란 하나의 '가능성'이지.」

'가능성?'

「어찌 여래가 그리도 비로자나에 집착하는지 아직도 모르겠는가?」

'아!'

지호는 그제야 뭔가가 짚이는 것 같았다.

소호 금천의 웃음소리가 들렸다.

「비로자나는 빛이 되어 세상 곳곳을 두루 비추며, 어둠을 물리치고, 그곳에 진리를 가져다준다고 하지. 그곳이 설사 인간의 마음속이라 하더라도.」

어둠이란 여러 가지 부정적 의미를 내포한다. 죽음, 두려움, 공포, 무지, 불화, 악몽…….

인간은 오랜 세월 동안 이런 어둠과 싸워 왔다.

밤이 주는 공포는 불을 피워 물리쳤고, 무지(無知)가 주는 공포는 학습을 통해 물리쳤다. 또한, 죽음에 대한 공포는 철학으로 풀고자 했다.

이렇듯 인간에게 있어 세상이란 온통 비밀로만 가득하고 공포만 주는 어둠이었다. 하지만 인간은 이에 굴하지 않고 당당히 맞서 싸워 이겼다.

빛을 가져와 어둠을 물리치고, 세상을 자신들의 것으로 삼았다.

「결국 인간이 뭔가를 해낼수록 빛은 더더욱 강해진다네.

그래서 빛이 닿는 곳은 희망과 지식이 샘솟지. 그리고 그것은 가능성이 되는 것이고.」

소호 금천의 웃음소리가 커져간다.

「하지만 자네는 아직 빛을 빛으로만 받아들일 뿐, 그 속에 담긴 뜻을 모르고 있었다네. 신위에 대한 이해는, 바로 거기서부터 시작되는 것이야.」

지호는 그제야 자신의 신위가 얼마나 대단한 것인지를 다시 한 번 실감하게 되었다.

「그리고 다행히도 자네는 그런 가능성들을 가진 씨앗들을 아주 많이도 품고 있지.」

지호는 두 눈에 선명하게 보이는 것 같았다.

자신의 신위에 녹아들어 살아가는 수많은 존재들을.

이들은 더 이상 '잊힌' 신이 아니었다.

가능성이었다.

옛 모습을 버리고 새롭게 탈바꿈하고자 하는 새로운 신들이었다.

「그리고 빨리 이 씨앗들의 싹을 틔우시게. 머지않아 석가와 싸울 자네에게 큰 도움이 될 게야.」

이것은 소호 금천이 친구에게 주는 선물이었다.

오랫동안 죄책감에 짓눌렸던 소호 금천이 벗에게 건네는 선물.

소호 금천은 수보리가 했던 말을 잊지 않았다.

지호에게 바른 마음을 줄 것이라던 말.

그 바른 마음이란, 바로 비로자나불.

쉽게 말해 자신들 뜻대로 지호를 각성시켜 의중에 두겠다는 의미였다.

하지만 저들이 놓친 것이 있었다.

만약 비로자나불의 가능성을, 지호가 스스로 깨우친다면.

타인의 도움 없이 스스로가 신위를 이해하고 격상시킬 수 있다면.

그래서 신의 한계마저 탈피할 수 있다면.

또 다른 우주적인 존재가 될 수 있다면.

세상, 그 자체가 될 수 있다면.

그렇다면 제아무리 석가여래며 옥황상제라 해도 어찌 막을 수 있을까?

그래서 길을 열어 주었다.

자신이 이미 빛과 가장 가까운 길을 열었기에, 자신이 깨달은 것을 고스란히 전해 주고자 했다.

그리고 거기에 따라, 지호는 정체되었다고 생각했던 스스로에게서 새로운 가능성을 엿봤다.

「도움이 좀 되었는가?」

'감사합니다.'

「되었다니 다행이로군.」

그 말이 끝나는 것과 함께 태양의 신위가 빛의 신위에 고스란히 녹아든다.

그리고 수많은 색들 가운데 황금색이 피어났다.

'하나를 쥐었어.'

지호는 뿌듯한 마음에 가볍게 웃었다.

'여태 나는 내가 가지고 있는 것에 대해서 너무 모르고 있었던 거야.'

잊힌 신들을 받아들이면서 많은 것을 알았다고 생각했다. 수없이 아카식 레코드를 들락날락하면서 지식을 쌓았다고 생각했다.

하지만 이것은 한쪽 단면에 지나지 않았으니.

스스로를 모르고 있었는데 어찌 안다고 할 수 있었을까?

그러나 이제 알게 되었으니 점차 깊게 알면 될 일이었다.

그렇게 빛이 서서히 사라진다.

지호는 신위에서 조금씩 멀어졌다.

「아, 그리고 한 가지 더.」

그때 소호 금천의 상냥한 소리가 한 번 더 울렸다.

「사실 자네가 마주했던 이들 말일세. 사실 이들 중 대부

분이 한때 자네와 크게 교분을 트던 이들이라네. 여와의 뜻
이란, 참으로 신비롭지 않은가?」

'……!'

지호가 놀라 뭐라고 물으려 할 때,

화아아아아아!

이미 신위는 아래로 가라앉고 있었다.

다시 눈을 뜨니 무덤은 온데간데없이 바다가 한눈에 내
려다보이는 절벽만이 보였다.

"여와의 뜻이라……."

여와의 뜻은 곧 인과율을 뜻하니.

천망회회 소이불실(天網恢恢疎而不失)이라더니.

하늘은 성긴 것 같아도 놓치는 것이 없다 하니, 이를 두
고 하는 말이 아닌가 싶었다.

'려는, 참으로 좋은 친구들을 많이 뒀구나.'

그런 흐뭇한 생각과 함께,

팟!

축지를 밟아 한국으로 돌아갔다.

*　　　*　　　*

어둠과 적막이 내려앉은 곳, 여의봉 안.

수보리는 쇠사슬에 칭칭 감긴 채로 가부좌를 틀고 있었다.

"옴 아라남 아라다, 옴 아라남 아라다, 옴 아라남 아라다…… 여시아문 일시불 재사위국기수급고독원……."

그는 쉴 새 없이 불경을 독송해 댔다.

혹시나 다른 명왕들처럼 깊은 잠 속에 빠질까 싶어 정신을 차리기 위해서.

금강반야바라밀경.

달리 금강경이라고도 불리는 이것은, 석가여래가 제자 수보리를 위해 만들었다 알려진 경전이다.

한 곳에 집착해 마음을 내지 말고, 모양에 현혹되지 말며, 그 속에 담긴 진리를 보라던 말씀.

언제나 수보리가 가슴에 품고 살던 경전이기도 했다.

덕분에 수보리는 의식을 유지하면서 조금씩 여의봉 내에 자신의 의지를 내비칠 수 있었다.

파아아아아—

수보리를 누에고치처럼 칭칭 감은 쇠사슬 사이로 배광이 일부 흘러 나와 옆에 있는 명왕들에게 조금씩 닿는다.

아주 적은 양이었지만, 조금씩 정신을 차리게 만드는 데는 문제가 없었다.

가장 먼저 눈을 뜬 것은 비서사였다.

—그대와 여래께서 왜 그리도 제천대성을 경계
했는지를 알 것 같소. 비로자나불이란, 그토록 위
험한 것이오?

"입사위대성 걸식 어기성중……."

대답은 없다.

독송을 멈추면 의식도 끊어질 것이기에.

하지만 비서사는 그와 대화를 나누는 데 전혀 문제가 없
었다.

　　—이제 모든 것이 틀어졌소. 우리는 이곳에 갇
혔고, 자물쇠는 빼앗겼소. 아마 지금쯤 턱밑까지
쫓았던 정단사자도 마음을 놓겠지. 저 들이 다시
만나는 건 무리도 아니오. 그때는…… 정말 모든
게 힘들어지오.

목소리엔 책망이 한가득 담겨 있었다.

"편단우견 우슬착지……."

　　—……다른 생각이 있는 것이군.

"합장공경 이백불언 희유세존……."

　　—좋소. 당신 뜻대로 하시오. 아니, 석가의 뜻
인가?

"선부촉제보살 세존……."

　　—어차피 제천대성이 이런다 한들, 제천대성이

스스로 저승의 문을 열고 삼도천을 건넌다는 사
실은 바뀌지 않을 터이니.

스스스.

비서사의 세 번째 눈이 도로 잠긴다.

이후의 일은 알아서 하라는 듯이.

"선남자선여인 발아누다라삼먁삼보리심……."

그 뒤로도 수보리의 독송은 적막을 따라 퍼졌다.

아주 잔잔하게.

* * *

"하아…… 하아…… 하아……!"

산자락을 따라 거친 숨소리가 퍼진다.

　—끝이, 났나……?

남자인지 여자인지 쉽게 분간이 가지 않을 만큼 탁한 신
의 목소리.

짙은 녹음(綠陰)에 가려져 제대로 모습이 보이지 않는다.
다만, 드문드문 드러난 선이 굉장히 여렸다. 그리고 품에
뭔가를 소중하게 끌어안고 있었다.

다만, 신의 뜻을 담은 목소리치고는 너무 흐렸다.

마치 세상에 깨어난 지 얼마 되지 않은 것처럼, 각성을

이룬 지 얼마 되지 않은 것처럼, 존재감이 미약하다.

목소리의 주인은 마치 뭔가에 긴박하게 쫓겼던 듯, 뒤를 쉴 새 없이 돌아봤다.

　　—정말, 끝났군.

그러다 이내 안도에 찬 한숨을 내쉬었다.

　　—정말로 깨웠어. 빛을…… 그 돌 원숭이 놈이,
　답도 없던 놈이, 해냈단 말이렷다?

피식, 목소리에서는 웃음기도 묻어났다.

홍교사에서 이곳 극동 지역까지, 시시각각 따라오던 부처의 손길을 피해 다니느라 고생을 해야만 했다.

아직 신으로서도, 부처로서도, 권능이 완전히 돌아오지 못한 탓에 생긴 결과였다.

그래도 그는 도망치는 것을 포기하지 않았다.

품에 소중하게 안은 사리함을 저들에게 내어 줄 수 없는 까닭에.

그리고 옛 사형이 어떻게든 해내 줄 것이란 절대적인 믿음이 있었기에.

물론 아직은 마음을 놓을 단계가 아니었다.

아직도 이 세상 곳곳에는 부처의 손길이 닿아 있었으니까.

한숨을 돌렸으니, 이제 자신이 그 손길을 모두 치워야 할 차례였다.

　　—삼장, 나는 그대의 뜻이 옳길 빈다.

　정단사자는 품에 안은 사리함을 내려다보다, 다시 어디
론가 몸을 날렸다.

*　　*　　*

　지호는 간만에 집 밥이 주는 따뜻함을 만끽했다.

　"잘 먹겠습니다!"

　와구와구, 쉴 새 없이 먹어 대는 통에 아버지는 헛웃음을
흘렸다.

　"인석아, 좀 천천히 먹어! 누가 보면 굶고 다니는 줄 알
겠다."

　"아버지는 해외에 가면 입맛이 얼마나 안 맞는지 몰라서
그래요."

　지호는 깻잎을 한 장 쭉 찢어서 밥에다 얹어 입에다 밀어
넣었다.

　사실 그로서는 밥을 안 먹어도 크게 차이는 없었지만, 그
래도 이렇게 크게 일을 겪고 나면 집의 온기를 느끼는 게
참 좋았다.

　"저러는 놈이 참 잘도 딴 데로 쏘다닌단 말이지."

그렇게 말을 하면서도 아들을 바라보는 아버지의 눈빛에는 흐뭇함이 담겼다.

어렸을 때는 그렇게도 속을 썩이더니.

이제는 제 길을 알아서 잘 찾아가고 있는 것 같아 흐뭇하다.

때로는 영감을 얻겠답시고 해외로도 나가고 TV에도 나오는 모습을 보고 있으면, 정말 아들이 이제는 자신의 품을 떠날 때가 다 되었구나 싶었다.

"어째 요즘 일은 좀 잘되어 가냐?"

"그럭저럭이요."

"잘되면 잘되는 거고 안 되면 안 되는 거지. 그런 대답이 어디 있어?"

"그러게요."

"거, 참! 왜 요번에 콘서트는 좀 괜찮았다고 하지 않았었냐? 내 친구 놈들도 죄다 자식들이 표 좀 구해 줄 수 없겠냐고 아우성이었다던데."

계 모임에서 지호 자랑을 그렇게 해 댔다는 것은 비밀이었다.

"좋았죠. 전회 매진이었고."

"그럼 잘되어 가는 거 아냐?"

"그렇죠? 그럼 잘되어 가는 거 맞죠?"

"음?"

이건 또 무슨 소리람? 아버지는 영문을 알 수 없어 두 눈을 끔뻑였다.

하지만 지호는 검지로 볼을 긁적이다 다시 밥솥을 열어 한 그릇을 더 풀 뿐이었다.

아버지는 첫째 아들이 더 이상 거기에 대해서 이야기하고 싶어 하지 않는다는 것을 눈치채고 화제를 돌렸다.

"한데, 너 새아가랑은 헤어졌냐?"

지호가 이마를 살짝 찌푸렸다.

"무슨 소리세요?"

"요즘에는 통 안 보여서 말이다."

"걔랑은 그런 거 아니라니까요."

서은영을 말하는 거였다.

대체 어떻게 구워삶은 건지 아버지며 어머니, 심지어 할아버지까지 서은영이라면 끔뻑 죽어 어쩔질 못했다.

"허! 심심하면 집에 데려왔으면서?"

"걔가 막무가내로 쫓아온 거죠."

"잘난 척은. 있을 때 잘해라. 그렇게 귀엽고 참한 색시 딴 데서 못 구해. 나중에 땅 치고 후회하지 말고."

"제 연애는 제가 알아서 할 게요."

"알아서 못 하니까 내가 이러는 거 아냐."

탁!

지호는 젓가락을 식탁에 내려놓으며 눈을 가느다랗게 좁혔다.

"자꾸 잔소리하시면 용돈 끊습니다?"

"어쭈! 이놈 봐라? 협박이냐?"

"그런데요?"

"대가리 좀 굵었다 이거지?"

아버지는 고개를 절레절레 흔들었다. 그러다 진지한 태도로 말씀하셨다.

"그래도 한 번쯤은 정말 진지하게 생각해 봐라. 저쪽이 진지하게 널 생각한다면, 너 역시도 그렇게 대해 주는 게 맞아. 인간관계는, 어설프게 해서는 아니 돼."

"명심할게요."

지호는 크게 고개를 끄덕이고 다시 젓가락을 들었다.

다만, 음식을 집는 손길에는 조금 전보다 바짝 힘이 들어갔다.

지호는 침대 위로 점프했다.

"아으…… 역시 집이 좋아."

아무리 신이 되고 많은 경험을 했다지만 역시 집이 주는 편안함에 비할 것은 없었다. 마음 같아서는 여기서 평생 뒹

굴거리고 싶었다.

그러다 바로 누워서 천장을 올려다본다.

아버지의 말씀이 아직도 귓가를 맴돈다.

인간관계는 확실히 맺고 끊어야 한다는 말.

그래야 서로에게 상처가 되지 않는다고 하셨던가.

띡. 띡.

지호는 휴대폰을 꺼내 메시지를 확인하려다가 도로 덮었다.

이런 걸로 이야기하는 건 아니다 싶었다.

"……아직도, 멀었나."

제법 긴 삶을 살았다고 해도 헛산 게 아닌가 싶었다.

응룡이, 과보가, 소호 금천이 려에게 보였던 애정과 죄책감을 보고 있노라니, 과연 자신은 얼마나 많은 사람에게 그만한 존재가 될 수 있는지 다시 돌아보게 되었다.

그리고 아버지의 말씀대로 상대가 진심을 다해 다가오면 이쪽도 진심으로 상대해 주는 게 맞았다.

설사 그것이 상처가 되는 길이라 할지라도.

더 이상 흐지부지하지 않아야겠다고 생각하면서, 마음을 살짝 바꿨다.

"그나저나 이제 이건 어떻게 한다?"

지호는 누운 상태로 손을 활짝 펼쳤다.

손바닥 위로 세 개의 석영, 식은 태양이 올라왔다.

붉은 석영.

언제 뜨거운 열풍을 토해 냈냐는 듯이 각 무덤에서 수거한 식은 태양은 하나로 합쳐져 지호의 손바닥 위에 놓여 있었다.

"암만 봐도 도통 모르겠단 말이지."

이것이 가지는 의미가 무엇일까.

지호는 아무리 봐도 이것이 왜 자물쇠인지를 이해할 수 없었다.

처음 여의봉을 찾았을 때처럼 공력을 잔뜩 불어 넣어 보기도 하고, 금방이라도 부숴 버릴 것처럼 세게 힘을 주기도 했다.

하지만 그때마다 석영은 자그마한 떨림만 있을 뿐, 아무런 반응도 없었다.

심지어 더 이상 열풍을 토해 내지도 않았다.

"빨리 예지안이 열려야 구조를 파악할 수 있을 텐데……."

이상하게 날이 갈수록 신위는 차오르는데 예지안이 열리는 건 더디기만 했다.

수보리가 건 법술이 강력했던 걸까.

아니면,

'아직도 수보리의 의식이 깨어 있나?'

지호는 문득 그런 생각을 하다 피식 웃었다.

'설마. 그럴 리가.'

여의봉은 단단하다. 72마신 중에서 어느 누구도 여의봉을 깨고 나오지 못했을 정도였다.

설사 깨어 있다고 해도 봉신이 된 상태에서 뭔가를 해내기도 힘들다. 허무에 떨어진 것과 같은 상황에서 억겁의 세월을 감내할 수도 없을 테니 곧 지쳐 나가떨어질 수밖에 없을 것이다.

그래도 아직까지 예지안이 완전히 돌아오지 않는다는 것은 여러모로 마음에 걸렸다.

더군다나,

'석가여래가 여기서 끝낼 거란 생각도 들지 않고.'

물론 당장 덤벼들지는 않을 것이다.

석가가 가장 아낀다는 제자는 물론, 명왕 중 세 명이 여의봉에 봉인되었으니. 사실 이 정도만 해도 저들로서는 날벼락을 맞은 것이나 다름없다.

당장 옥황상제 등과의 갈등에서 전세가 단번에 열세에 놓이고 말았을 테니.

그래도 석가여래의 뜻이 저승에 있는 이상, 무슨 수를 쓰려 할 테지.

'마음 같아서는 아예 내려오지 못하게 막아 버리고 싶지만……'

하지만 세상을 다루는 것은 어디까지나 여와의 영역. 이 이상 절지천통을 이루는 건 힘들다.

'그게 안 되더라도 놈들이 아예 이쪽에 신경을 쓸 수 없도록 대비를 해 놔야 해. 그러려면 역시나 석영의 구조를 하루라도 빨리 파악해야겠지.'

그래도 다행인 건 시간은 지호의 편이란 점이었다.

아주 조금씩이지만 예지안도 열리고 있고, 머지않아 아카식 레코드로의 접속도 가능해질 것 같으니까.

"일단은 계속 지켜보자."

지호는 석영을 거둬들이면서 눈을 감았다.

오늘 하루 너무 열심히 뛰어다녔더니 잠이 쏟아졌다.

＊　　　＊　　　＊

이튿날, 지호는 멤버들에게 간만에 들르겠다는 메시지를 남기고 오후쯤에 연습실로 향했다.

"오, 내 사랑 지호 형!"

먼저 와서 드럼을 손질하고 있던 하동률은 해맑은 미소를 지으면서 두 팔을 벌리며 반갑게 인사했다.

지호는 문을 열다 말고 흠칫 멈추며 인상을 찡그렸다.

"이 새끼 왜 이래?"

"왜 그러겠어요. 선물 내놓으시란 거지. 그런 뜻에서……!"

"혀어어어엉! 보고 싶었어요오오오!"

백동준과 박민상은 헤실헤실 웃더니 와락 지호에게 매달렸다.

하동률도 질세라 뒤에서 꼭 끌어안으니, 마치 코알라 세 마리를 주렁주렁 매단 나무 꼴이 된 것 같았다.

"아아악! 떨어져! 떨어지지 못해, 이것들이 진짜! 좀 떨어지라고!"

지호는 질색을 해 대면서 놈들을 밀어냈지만, 도통 떨어질 줄을 몰랐다.

"알았어! 줄게! 주면 되잖아!"

"으히히히히!"

"형밖에 없는 거 알죠?"

"역시 우리 리더라니까!"

"닥쳐, 이것들아! 하여간 뭐 바랄 줄이나 알지, 진짜. 자! 알아서 갖고 가."

지호는 음침하게 웃어 대는 놈들을 발로 걷어차고 손에 왕창 들고 온 종이 가방들을 내줬다.

멤버들은 갖은 구박에도 어미 새에게 먹이를 받는 아기 새처럼 좋다면서 포장지를 북북 찢어 댔다.

"으흐흐흐. 하여간 우리 큰형님, 은근히 츤데레시라니까. 매번 툴툴대도 챙…… 응? 이거 뭐예요?"

하동률은 선물을 보다 말고 고개를 갸웃거렸다.

별 이상한 비누 같은 게 들어 있었다.

지호는 가방을 내리며 의자에 아무렇게나 엉덩이를 붙이며 말했다.

"장미 비누. 터키 장미가 그렇게 좋다더라. 너네들 면상에 낀 반들반들한 거 좀 지우라고 사 왔다."

"이게 다예요?"

"그럼?"

"딴 거는요?"

"뭔 소리야?"

"제가 부탁했잖아요! 향수!"

하동률이 억울하다는 듯이 소리친다.

그러고 보니 메시지 창에 뭔가 사 달라며 부탁했었던 것 같긴 한데…… 그냥 제대로 안 읽고 잊어 먹었다.

"까먹었어."

"젠장! 돈도 잘 버는 양반이 한 달 넘게 우리 버리고 사 온 게 이깟 비누라니!"

"싫어? 그럼 내놓든가."

지호가 손을 내민다.

하동률은 비누 세트를 품에 꼭 끌어안아 옆으로 돌았다.

"줬다 뺏는 게 어디 있어요!"

"뭘 자꾸 이랬다 저랬다야."

지호와 하동률이 티격태격하는 사이, 백동준과 박민상은 비누 브랜드명을 인터넷에 검색해 보고 오오! 감탄사를 터뜨렸다. 그래도 제법 가격이 셌다.

지호는 왠지 연습실이 평소보다 조용하다는 생각이 들었다.

"은영이는?"

매번 아침 일찍 가장 먼저 출근하고 밤늦게 마지막에 퇴근하던 아이였는데. 어디 아프기라도 하나?

"잠시 어디 들렀다가 온데요."

"어디?"

"몰라요. 연습실 죽순이가 요즘은 매번 틈만 나면 밖으로 싸돌아다니던데요?"

"그래?"

지호는 마지막 남은 종이가방을 어디다 둘까 주변을 두리번거렸다.

"은영이 선물은 뭔데요?"

"향수."

"젠장!"

하동률은 욕지거리를 내뱉다가 눈이 휘둥그레졌다.

"뭐야? 이거 비싼 거네! 너무 티 나게 사람 차별하는 거 아닙니까!"

"어. 그러려고 산 건데."

"젠장!"

더 이상 성낼 기운도 없는지 털썩 앉으며 입술을 삐죽 내밀어 툴툴댄다.

"흥! 그런 거 사 주셔도 이제 별로 기뻐하지 않을걸요."

"왜?"

"말했잖아요. 요즘 툭 하면 밖에 나간다고. 아무래도 남자친구 생긴 것 같던데요?"

"남자친구?"

순간, 종이가방을 내려놓던 지호의 손길이 살짝 멈춘다.

하동률이 조심스레 눈치를 보면서 물었다.

"괜찮으세요?"

"응? 뭘?"

"은영이가 남자친구 생겼을지도 모른다는 거요."

지호가 피식 웃는다.

"그게 뭘. 그럴 수도 있지. 오히려 연애 안 하는 게 이상한 거 아냐?"

정말 아무렇지 않아 보이는 표정.

"자, 이제 다들 그만 놀고. 연습 하자, 연습. 내가 없어서 그동안 신났지? 월드 투어까지 얼마 안 남았다."

순간, 희희낙락하던 멤버들의 표정이 딱 굳었다.

젠장. 괜히 말한 거 같아. 하동률은 자신의 실수가 빚어 낸 참상을 깨닫고 한숨을 내쉬었다.

서은영이 돌아온 것은 세 시간 정도 지난 뒤였다.

"나 왔어. 선배도 오셨어요?"

하동률 등은 피골이 상접한 채 소파에 아무렇게나 널브러져 있었다.

지호는 악보를 보면서 펜으로 뭔가를 끄적이다 인사했다.

"어. 근데 들고 있는 건 뭐야?"

"아, 이거요? 쇼핑하고 왔어요."

서은영은 양손에 한가득 짐을 들고 있었다. 딱 봐도 제법 가격이 나가는 옷 브랜드들이다.

언제나 절약 정신이 투철하던 그녀다. 더운 여름에 아이 스크림 하나 사는 것도 세일 하는 게 아니면 못 샀으면서 저렇게 옷을 한가득 사다니.

남자친구가 생긴 것 같다는 하동률의 말이 얼핏 생각났지만, 지호는 내색하지 않았다.

"저기에 네 선물 뒀으니까 가져가."

"예. 고마워요. 잘 쓸게요. 터키는 재미있었어요?"

"어. 카파도키아가……."

지호와 서은영은 이런저런 대화를 나눴다.

여행 이야기, 밴드 이야기. 한 달 동안 있었던 일들을 이야기하면서 웃음을 터뜨렸다.

*　　　*　　　*

[너 내일 시간 되지?]

"무슨 시간이요?"

[야! 말한 게 불과 한 달 전이다. 이번 주부터 중요한 미팅 있으니까 잊지 말라고 한 걸 그새 잊었냐?]

지호는 머릿속으로 날짜를 꼽아 보고 눈을 동그랗게 떴다.

"벌써 그렇게 됐어요?"

[그래, 인마. 하여간 너는 연예인이란 애가 시간 개념이 그렇게 없어서…… 어떻게 그동안 그렇게 스케줄을 다 소화하고 다녔어?]

"우리 대표님의 정성과 사랑 덕분에?"

[저 주둥이를 콱! 하여간 입만 살아서는.]

"흐흐흐흐. 제가 이거 빼면 시체잖아요."

[하여간 내일 잊지 말고 2시까지 이쪽으로 넘어 와.]

"예. 그런데 온다는 사람이 대체 누구예요? 감독이라도 오는 겁니까?"

[그건 내일 봐. 끊는다.]

지호는 차 대표와의 통화를 끝내면서 피식 웃었다.

언제나 느끼는 거지만, 자신의 주변엔 언제나 재미난 사람들이 많았다.

내일 스케줄이라.

영화 서리가 중국 내에서 좋은 반응을 보이고 있다는 말을 들었다. 뒤이어 미국과 캐나다, 유럽 12개국에서도 동시 개봉을 시작했고, 곧 한국에서도 개봉된다고 들었다.

듣기로는 이미 연출이며 연기가 대단하다고 입소문이 파다해서, 온라인상에서도 국내에 개봉을 하면 바로 보러 가야겠다는 말이 들린다고 한다.

덕분에 지호가 작곡했던 영화 메인 OST도 곳곳에서 선풍적인 인기를 끌고 있었다.

아직 확실하게 매출이 집계된 건 아니지만, OST를 듣고 호의적으로 반응했던 사람들이 밴드의 다른 앨범들도 찾아본다고 하니 올 겨울은 제법 따뜻하게 지낼 수 있을 것 같았다.

소속사에서는 이참에 국내 시사회에 밴드 월도 같이 동참하면서 언론에 얼굴을 알리고, 연말에 있을 월드 투어까지 인기 몰이에 편승하겠다는 계획을 갖고 있었다.

엊그제 만났던 차 대표의 입가에 생글생글 맺힌 미소가 떠나질 않았으니, 확실히 잘 되어 가는 중이긴 잘 되어 가는 중인가 보다 싶었다.

'그나저나 벌써 시간이 이렇게 됐어? 뭐 딱히 한 것도 없는 것 같은데.'

지난 한 달 동안 지호는 늘 똑같은 생활 패턴을 반복했다.

낮에는 연습실에서 밴드 연습을 하고, 밤에는 예지안을 열기 위해 신위에 집중한다.

금방 열릴 줄 알았던 예지안은 생각했던 것보다 훨씬 느리게 열려 조금 다급한 마음이 들기도 했다.

그래도 만약의 사태에 대비해 시간이 날 때면 천리안을 열어 세계 곳곳을 뒤졌고, 아무런 이상 현상도 찾아볼 수 없어 안도에 찬 한숨을 내쉬곤 했다.

"그런데 얘네들은 왜 이렇게 안 와?"

간만에 멤버들끼리 술이나 한잔하자는 생각에서 자주 모

이던 단골 식당으로 불렀는데 아직 모이질 않았다.

메시지를 확인해 보니 죄다 낮잠을 잤다느니, 지금 가고
있으니 기다려 달라느니 난리다.

'하여간 이것들을 진짜.'

이 놈들을 어떻게 들들 볶아야 잘 괴롭혔다고 소문이 날
까 고민을 하던 차에, 단체 채팅방에 글 하나가 더 올라왔
다.

—서은영: 저 도착했어요. 죄송해요. 지금 뛰어 올라갈
게요!

지호는 아무 생각 없이 창밖으로 시선을 던졌다가 헐레
벌떡 차에서 내리는 서은영을 발견했다. 운전석에서 내린
젊은 남자와 이런저런 이야기를 나누더니 손을 흔들고 이
쪽 건물로 뛴다. 남자는 서은영이 들어가는 것을 확인한 후
에야 다시 차를 몰고 골목을 빠져나갔다.

'남자친군가?'

그러고 보면 언제나 귀찮게 뒤를 쫄래쫄래 따라다니던
모습은 더 이상 없었다. 늘 심심하면 집에 쳐들어오던 애가
더 이상 오질 않자 부모님이 직접 무슨 일이 있냐고 여쭤실
정도였으니.

"죄송해요, 선배. 제가 늦었죠?"

그때 서은영이 헐레벌떡 가게 안으로 들어와 맞은편에 앉았다.

"아냐. 방금 전에 간 사람은 남자친구?"

"글쎄요?"

짓궂게 되묻는 서은영의 질문에 지호의 눈초리가 치켜 올라갔다.

"뭐하는 놈인데?"

서은영은 잠깐 멈칫거렸다.

"그게 중요해요?"

"리더니까."

"사생활인데요?"

"동생이잖아. 남자는 남자가 봐야 아는 거야."

"제가 알아서 하네요."

서은영은 혀를 빼꼼 내밀었다.

지호는 순간 욱한 나머지 뭐라고 말을 하려다 검지로 관자놀이를 꾹 눌렀다.

"너……! 아니다. 그래. 네가 알아서 할 일이지."

그러다 지호는 일순 자신이 감정적으로 억지를 부렸다는 사실을 깨달았다.

서은영이 가만히 고요한 눈빛으로 쳐다본다.

"……."

"……."

잠시 둘 사이에 어색한 기류가 감돌았다.

"어, 둘 다 와 있었네!"

"고기 좀 미리 시켜 놓고 구워 주시지. 너무하네!"

"이모, 여기 주문이요!"

때마침 다른 멤버들이 한꺼번에 나타났다.

언제 그랬냐는 듯이 술자리는 다시 떠들썩해졌지만, 그날 하루 동안 두 사람은 대화를 나누지 않았다.

*　　　*　　　*

창밖 너머로 여러 개의 마천루가 지나는 차도.

중국 인기 여배우 천밍위에는 가만히 미소를 지으며 밖을 내다봤다.

"왜 그래? 갑자기 그리 크게 웃고."

그녀와 함께 영화 서리를 찍었던 감독, 송웨이가 고개를 갸웃거렸다.

"그냥 기분이 좋아서요."

"드디어 본다니까 그렇게 좋아?"

"그럼요."

"하여간 너도 참 별난 취미다."

천밍위에가 눈을 가느다랗게 좁혔다.

"지금 저희 오빠들 욕하시는 건가요?"

송웨이는 사색이 되어 손을 저었다.

"그럴 리가! 말이 그렇다는 거지. 무슨 말을 못 하게 해?"

"그렇죠? 헤헤헤."

송웨이는 속으로 고개를 절레절레 흔들었다.

이런 데서 괜히 트러블이 생겨서는 앞으로 있을 시사회 스케줄에 악영향밖에 끼치지 않을 테니.

'그나저나 참 대단하단 말이지. 나야 적당히 뒤로 빠지면 되지만, 배우라면 이것저것 신경 쓸 것도 많을 텐데. 지치지도 않나?'

영화 서리는 이미 선풍적인 인기로 거기에 따른 시사회 스케줄만 하더라도 살인적이어서 체력이 좋다 알려진 다른 스태프들도 피가 마를 정도였다.

하지만 천밍위에는 여태 그런 스케줄을 모두 감당하고도 별다른 피곤해하는 기색을 보이지 않았다. 아니, 오히려 한국에 간다고 할 때에는 더 즐거워하는 눈치였다.

중화의 꽃. 얼음 마녀. 한족의 빛.

하나하나가 전부 낯 뜨겁기만 한 별명을 가진 여인. 그녀는 이미 중화권을 대표하는 대스타다.

다만, 완벽해 보이는 그녀도 흠을 찾으라면 딱 한 가지가 있었다.

사실 흠이라고 하기에도 뭣하긴 하지만.

'저 사람이 그렇게도 좋은가?'

천밍위에가 보물처럼 양손에 꽉 쥐고 있는 CD케이스. 밴드 윌의 앨범이었다.

사실 송웨이는 OST에 자그마한 한국에서나 인기가 있다는 밴드의 노래를 쓸 생각이 전혀 없었다.

한창 미국 할리우드 쪽 음반제작사 몇 개와도 긍정적인 이야기가 오고 갔었고, 심지어 뉴욕 하모니 측과도 스케줄 조정을 들어가기 직전이었다.

그런데도 갑자기 모든 계약 검토를 부수고 방향을 급선회하게 된 건, 천밍위에의 적극적인 의견 때문이었다.

천밍위에는 단순한 여주인공이 아니라 영화의 투자자이기도 했다.

이미 중국 연예계 내에서는 천밍위에가 손을 댄 작품은 언제나 흥한다, 는 소문이 돌 정도로 안목도 높아서 그녀의 의견을 안 따를 수가 없었다.

그래서 탐탁지 않아도 어쩔 수 없이 선택을 한 것인데…… 그래도 제법 실력은 좋았다.

나중에 더 자세히 알아보니 중국에서는 아직 유명하지 않아도 한류를 좋아하는 매니아들 사이에서는 이미 유명하다던가. 일본에서도 제법 인기를 끌었다고 들었다.

이처럼 천밍위에는 예전부터 밴드 윌이라면 사족을 못 쓰는 팬이었다.

바빠서 콘서트를 못 가는 게 아쉽다면서 실황DVD를 꼬박꼬박 구매하는 골수 팬.

이따금 SNS에 밴드 윌과 관련된 것들을 올려 온라인상에서 화자가 된 적도 있었지만, 이상하게도 윌에서는 이렇다 할 답변이 없어 시무룩해 있던 차였는데.

그러다 이렇게 인연을 억지로라도 만들어 만나게 되었으니.

당연히 한국 시사회 때 밴드 윌도 동참시키자고 의견을 낸 건 그녀였다.

'이상한 스캔들이나 터지지나 않았으면 좋겠는데.'

영화를 홍보하기 위해서 일부러 스캔들을 터뜨리기도 한다지만, 이미 서리는 그런 게 필요 없었다. 도리어 배우들의 이미지를 잘 챙길 필요가 있었다.

그래도 워낙에 제 사생활을 잘 챙기는 배우니 걱정할 건 없겠지, 하고 여기는 사이, 밴은 어느덧 커다란 빌딩 앞에 섰다.

"밍밍, 그거 좀 챙겨 줄래?"

천밍위에가 스타일리스트에게 부탁한 것을 달라고 했다.

"이거요?"

"응."

옆에 조심히 나뒀던 상자를 꺼냈다. 분홍색 하트 포장지로 곱게 포장된 선물.

밴드 윌을 만나면 줄 거라고 몇 달 전부터 준비했던 선물이다.

송웨이가 곁눈질로 보면서 물었다.

"근데 대체 그거 안에 든 게 뭐야? 궁금해 죽겠어."

"있어요. 그런 게."

살짝 미소를 짓는 천밍위에의 모습은 정말 예뻤다.

* * *

지호는 숙취로 찌뿌듯한 몸을 찬물로 샤워해 가볍게 풀어 주며 머리를 비웠다.

'내가 어제는 왜 그랬지?'

자신도 모르게 튀어나간 감정.

뒤늦게 정신을 차리긴 했다지만, 그런 스스로에게 놀랄 정도였으니.

어차피 그녀와의 관계에서 먼저 선을 그으려 했던 건 자신이었을 텐데.

사실 생각해 보면 최근 들어 그녀는 확실하게 자신과의 사이에서 선을 긋고 있었다.

겉으로 보기에 크게 다를 건 없어 보였다.

하지만 언제나 지호를 먼저 챙기던 건 없이 이젠 다른 멤버들에게도 똑같이 했고, 귀갓길에도 같이 가려고 애쓰더니 최근에는 혼자 돌아가는 경우가 부쩍 많았다.

언제나 부모님께 자주 얼굴을 비치던 아이가 더 이상 보이질 않으니 무슨 일이 있냐며 아버지에 이어 할아버지께서도 직접 물으실 정도였다.

늘 자신의 뒤를 따라다니던 서은영은 없었다.

그런 걸 보면서 알게 모르게 위화감을 받다가 자신도 모르게 툭 튀어나온 모양이다.

억지도 이런 억지가 없을 텐데.

이런 경우는 신이 되고 나서 처음이었던 것 같다.

'만나거든 사과해야겠다.'

지호는 생각을 정리하고 차를 몰아 소속사 쪽으로 움직이려는데,

웅, 웅, 웅!

갑자기 손바닥이 살짝 떨렸다.

지호는 놀란 마음에 손을 활짝 펼쳐 붉은 석영을 꺼냈다.

한 달이 넘도록 아무리 용을 써도 꿈쩍도 않던 녀석이, 새빨갛게 달아오르며 몸을 부르르 떨고 있었다.

멤버들은 이미 차 대표를 만나 앞으로의 일정 등에 대해 논의를 나누고 있는 중이었다.

"이번은 정말 너희들에게 있어 기회라고 생각한다. 잘 좀 해. 사고 치지 말고."

하동률이 억울하다는 듯 말했다.

"에이. 대표님도. 저희가 앱니까?"

"애지. 그것도 말 안 듣는 철딱서니. 특히 너 인마."

"제가 뭘요?"

"지난주에 클럽 가서 놀다가 이상한 데 휘말린 거 내가 모르고 있을 줄 알지?"

하동률이 찔끔했는지 몸을 움찔거렸다.

"어, 어떻게 그걸……?"

"누가 터뜨리려던 거 내가 손써서 딴 걸로 겨우 막았다. 좀 적당히 놀아."

"……네."

하동률은 혹시 지호에게 불호령이라도 떨어질까 싶어 목을 잔뜩 움츠리며 지호의 눈치를 슬쩍 봤다.

하지만 지호는 이쪽을 보고 있지 않았다. 무슨 깊은 생각에라도 잠겨 있는 것 같았다.

'갑자기 석영이 왜 이렇게 반응하는 거지?'

사실 지호는 귀한 손님이 온다느니, 월드 투어가 어떻다느니, 하는 논의가 전혀 귀에 들어오지 않았다.

오로지 관심은 이상 현상을 보이는 붉은 석영에만 있을 뿐.

빛을 발한 뒤로도 석영은 계속 빛을 뿌려 댔다. 나중에는 열풍까지 토해 내려 해서 결계로 둘러쳐야 할 정도였다.

지호는 이유를 알아보기 위해서 다양한 실험을 해 봤지만 역시나 아무것도 건질 수 없었다.

대체 갑자기 왜 이러는 걸까?

"지호야."

"……."

"야, 손지호!"

"예?"

정신을 차려 보니 차 대표가 자신을 빤히 쳐다보고 있었다.

"어디에 정신이 그렇게 팔려 있어?"

"아, 죄송합니다."

"내가 했던 말은 들었어?"

"손님으로 서리 감독님이랑 천밍위에가 온다면서요?"

"그래도 듣긴 들었네. 하여간 잘해라."

지호가 피식 웃었다.

"제가 할 게 뭐 있어요? 그냥 옆에서 대화하는 거 적당히 맞장구만 치면 되지."

"하여간 너 그 적당주의 좀 버려라."

"뭘요."

서은영을 제외한 멤버들은 입술을 삐죽 내밀며 툴툴거렸다.

"저건 여유야, 여유."

"천밍위에가 직접 온다니 분명 기분이 좋아야 하는데…… 젠장! 저건 노골적으로 지호 형을 보려고 오는 거잖아."

"사람 차별 쩌네."

반면에 서은영은 아무 말 없이 지호를 빤히 쳐다봤다.

어제 서먹한 일이 있었던 이후로 이야기를 해 보고 싶었는데, 도통 기회가 나질 않았다. 그래서 지금이라도 말을 붙여 볼까 했는데 이상하게 지호는 다른 뭔가에 정신이 팔려 있었다. 지금도.

그사이 차 대표의 전화가 울렸다.

"잠깐만. 사람들 왔나 보다. 어. 그래. 도착하셨다고? 그럼 전부 이쪽으로 모셔."

그때 지호의 품에 들어 있던 석영이 더 크게 몸을 떨었다. 금방이라도 열풍이 밖으로 나올 듯이 더 큰 붉은빛을 더한다.

우우우우우우우웅—!

석영이 금방이라도 깨질 것처럼 크게 흔들렸다.

불가시(不可視) 상태로 만들어서 남들 눈에는 보이지 않겠지만, 열풍을 쉴 새 없이 토해 내는 석영 때문에 둘러싸고 있던 결계가 금방이라도 깨질 것 같았다.

잊힌 신들이 신위를 각성할 때 보였던 것과 비슷한 현상.

지호는 석영을 잠재우기 위해서 공력을 한껏 불어 넣었다.

하지만 억압하려 들면 들수록 석영은 더 세게 반발을 해 댔다. 그러다 지호의 품에서 달아나 갑자기 문가 쪽으로 거세게 움직였다.

지호가 아차 싶어 앞으로 손을 뻗으려는 찰나, 갑자기 문이 벌컥 열리면서 사람들이 들어왔다.

천밍위에와 송웨이를 비롯한 영화 쪽 사람들.

자칫 석영에 휩쓸릴 것 같았다.

"위……!"

하지만,

우웅. 우웅.

갑자기 석영이 달리다 말고 도중에 멈춰 서 손님 주변을 뱅글뱅글 돌기 시작했다. 붉게 달아오르고는 있었지만, 더 이상 열풍은 토해 내지 않았다.

"갑자기 왜 그래?"

"무슨 일 있어요, 형?"

차 대표며 멤버들까지 깜짝 놀라 지호를 쳐다본다.

하지만 지호는 우두커니 서서 멍하니 석영이 손님들 사이를 배회하는 걸 봐야만 했다. 아니, 정확하게는 석영이 한 여인의 주변을 맴도는 걸 봤다.

딱 보기에도 아름답다는 말이 절로 나올 만큼 예쁜 미녀, 천밍위에는 이쪽이 아닌 석영을 '보면서' 흐뭇하게 웃고 있었다. 분명 불가시 선술 때문에 보이지 않아야 할 석영을 보면서.

그러다 고개를 돌려 이쪽을 쳐다본다.

지호는 눈이 마주친 순간, 등골이 오싹 하고 소름이 돋았다. 그리고 동시에 여태껏 아무리 열려고 용을 써도 열리지 않던 예지안이 탁 트이면서 수많은 정보가 물밀 듯이 머릿속으로 쏟아졌다.

그러자 천밍위에가 '누군지'가 보였다.

더불어 그녀가 한 손에 들고 있는 보따리가 '무엇인지'

까지도.

"······저오능?"

지호의 혼잣말에 천밍위에가 배시시 웃었다.

천계에서 만난 사오정에 이은, 옛 전생의 인연이 눈앞에
있었다.

전혀 생각지도 못한 형태로.

47장

자물쇠와 열쇠

　삼장 법사는 자신이 거둔 세 제자에게 직접 법명을 하사
했다.

　그래서 받은 항렬이 바로 '오(悟)'.

　저오능은 그중에서도 둘째 제자로, 그는 본디 천계의 수
군을 다스리는 천봉원수였으나 옥황상제의 시녀를 희롱했
다는 이유로 하계에 떨어지고, 돼지 요괴로 다시 태어나
삼장 법사를 따르게 된다.

　이때 그는 식욕과 색욕이 너무 많아 여덟 가지의 음식을
먹지 못하게 했는데, 불가에서 오신채라 부르는 다섯 가지
음식과 도교에서 금하는 세 가지 음식을 합쳐 '저팔계'라

는 별명을 얻게 되었다.

훗날, 서역을 다녀온 후로 공을 인정받아 정단사자가 되었으니.

그런 그가 여인의 몸으로 다시 환생해 나타날 줄 누가 짐작이나 했을까?

＊　　　＊　　　＊

"본사는 평소 K—POP 등으로 인기 몰이를 하고 있는 한류 현상에 집중하고 있으며⋯⋯."

싱긋. 싱긋.

"해서 중화권만이 아닌, 세계 여러 국가로 진출할 계획을 갖고 있습니다. 다만, 본사는 드라마 및 영화 분야에서는 비교적 성과를 얻었으나, 음악 분야에 있어서는⋯⋯."

방실방실.

"해서 이번 OST와 시사회뿐만 아니라, 귀사와 본사 간에 전략적 협의를 통해⋯⋯."

통역관을 사이에 두고 감독과 차 대표 간에 긴밀한 사업 이야기가 오고 간다.

지호와 밴드 윌은 꿔다 놓은 보릿자루처럼 남겨졌지만 같이 이야기를 나눠 줬으면 한다는 바이어의 부탁에 이러지도 저러지도 못하는 상황.

하동률은 반대편을 멍하니 쳐다보다 자신의 옆자리에 앉은 지호를 아니꼬운 눈빛으로 쳐다봤다.

"형."

"왜?"

지호는 짜증 가득한 얼굴로 하동률을 쳐다봤다.

"좋으시겠어요."

"뭘?"

"알면서."

"……."

"그렇게 살면 어떤 기분이에요?"

"좀 닥쳐 줄래?"

지호는 땅이 꺼져라 한숨을 내쉬었다.

하지만 그런데도 자신에게 달라붙은 시선은 쉽게 떨어지질 않는다.

맞은편에서, 천밍위에가 이쪽을 보며 방긋 웃고 있었다.

참 예쁘긴 더럽게 예쁘다.

'……정체를 알면 절대 그딴 생각 못 하겠지만.'

처음 천밍위에가 저팔계의 환생이란 걸 알고 얼마나 소스라치게 놀랐던가!

더군다나 천밍위에는 오랜 지호의 팬이라며 적극적인 대

시까지 해 댔다. 지호의 팔에 팔짱을 끼기도 하고, 지그시 쳐다보기까지 한다.

그 모습이 너무 예뻐서 하동률 등은 '뻑'이 가 버렸다.

그럴수록 지호는 머리가 지끈거릴 지경이었다.

'노린 게 틀림없어. 하아⋯⋯!'

지호는 여전히 '사랑에 빠진' 척 연기하는 천밍위에를 보면서 한쪽 입술을 씰룩였다.

『너무 악취미 아니에요?]』

결국 지호는 참다 못하고 전음을 보냈다.

『뭘?』

천밍위에가 눈웃음을 짓는다. 옆에서 하동률 등이 '억!' 하는 소리를 내면서 심장을 부여잡는 오버 제스처를 취했지만, 지호는 무시했다.

『그러니까 뭘?』

전혀 모르겠다는 순진무구한 말투.

두 눈까지 껌뻑인다.

지호는 학을 뗄 것 같았다.

『오공이 알면 기겁할걸요?』

『호호호호. 기겁만? 아예 새로 환생시키겠다고 죽이려 들걸.』

『대체 왜 그렇게 태어난 건데요? 원래 남자였잖아요.』

『재미있잖아.』

『…….』

지호는 입을 꾹 다물었다.

본능이 외쳤다.

이 사람도 미친 게 틀림없어!

재미로 환생을 불러 낸 손오공이나, 재미로 여자로 태어났다는 저팔계나, 지호의 눈에는 똑같아 보였다.

『예전부터 느낀 건데. 식욕이며 색욕을 어떻게 주체를 못하겠더라고.』

천봉원수가 하루아침에 하계로 떨어진 것도 색욕을 주체 못해서였지, 아마?

그러고도 여전히 식욕과 색욕을 주체하지 못해서 죄 없는 여자를 잡아다가 강제로 신부로 삼기도 했었고.

심지어 천축행이 끝나고 나서는 부처가 되지 못하고 '사자' 직위에 그친 것에 삼장 법사에게 따지니, '다 네놈이 욕심이 많아서가 아니냐'는 대답까지 들었을 정도이니.

천 년이 넘도록 지난 지금까지도 욕심은 이어졌나 보다.

『그래서 생각을 바꿔 봤지. 굳이 남자를 고집할 필요가 있을까?, 하고. 그랬더니 답이 보이던데?』

『…….』

식욕과 색욕을 한꺼번에 해결하기 위해서 여배우가 되었

다고?

잠깐.

천밍위에는 순수함이나 순진한 이미지로 유명하지 않았
었나?

『돈도 많이 벌어. 여신이라고 추앙해 줘. 손만 뻗으면
남자도 갈아 치울 수 있어. 음식도 맘대로야. 이것만큼 좋
은 인생이 어디 있겠어? 호호호호호호!』

웃음소리가 쩌렁쩌렁하게 울린다.

잘난 척 심하고, 도도해 보인다.

아마 저게 진짜 본성이겠지.

"응? 왜 그러세요?"

"아냐. 아무것도."

지호는 왠지 천밍위에라는 가면에 속은 하동률 등을 안
타까운 시선으로 바라보다, 문득 의아함이 들었다.

'그런데 어떻게 전생을 기억하는 거지?'

환생했을 때에 전생의 기억을 갖는 것은 쉽지 않다. 윤
회의 고리에 녹아들면 영혼이 가진 모든 것들이 처음으로
돌아가기 때문이다.

그건 신이 된 후에도 다르지 않다.

지호가 신이 되어 영혼의 비밀을 알아 가는 와중인데도
불구하고 손오공과 려에 대해서 모르는 것은, 그가 그들과

같은 영혼을 갖고 있어도 다른 존재이기 때문이다.

천밍위에도 저팔계와 다를 수밖에 없다.

그런데도 천밍위에는 저팔계로서의 인격을 가지고 있는 듯했다.

무엇보다,

'갑자기 이런 시기에 나타난 이유.'

만약 저팔계가 처음부터 이쪽 세상에 손오공의 환생이 있는 걸 알았다면 왜 진즉에 자신을 찾아오지 않았었느냐는 의문이 든다.

나후가 이 땅에 나타날 때에도, 수보리가 나섰을 때에도 얼마든지 나서서 자신을 도와줄 수 있었는데도 불구하고.

수보리와 명왕들이 갇힌 지금에야 모습을 드러냈다는 것은 그만한 이유가 있다는 뜻이 아닐까.

또한, 지호가 여태 TV에서 몇 번이고 천밍위에를 봤는데도 불구하고 어째서 저팔계인지를 못 알아봤는지도 의아했다.

그리고,

'들고 있는 저것.'

자꾸만 지호의 시선을 사로잡는 것은 저팔계가 아니었다. 그녀가 품에 안고 있는 어떤 종이 가방이었다.

'내 눈이 틀리지 않았다면……'

지호의 눈이 가늘게 좁혀졌다.

"원하신 대로 다른 사람들은 전부 갔습니다."

곧 뒤따라가겠다는 말과 함께 사람들을 내보냈다. 혹시 무슨 스캔들이라도 터질까 차 대표와 감독이 걱정하는 눈치였지만, 매니저를 남겨 놓겠다는 지호와 천밍위에의 설득에 겨우 납득하는 것 같았다.

지호는 근방에서 인기척이 안 느껴지는 걸 확인한 후에야 입을 열었다.

천밍위에는 뒷짐을 쥔 채로 회의실 곳곳을 돌아다니면서 구경하다가 장난스레 웃었다.

"흐흐흥. 그러게 이제 우리 둘만 남았네? 이런 것도 재민데 응큼한 짓 안 해 볼래?"

천밍위에가 콧소리 잔뜩 섞인 목소리로 한쪽 눈을 찡긋 거린다.

지호는 진짜 싫다는 표정을 지었다.

천밍위에가 입술을 삐죽 내밀며 툴툴거린다.

"자꾸 그러면 아무리 나라도 상처 받는다고."

"쓸데없는 소리 그만하시고."

지호는 천밍위에가 덧붙이려는 뒷말을 원천 봉쇄하고, 짝다리를 짚었다.

"이제야 나타난 이유가 뭡니까?"

그것도 이딴 꼴로.

물론 뒷말은 붙이지 않았다.

천밍위에가 배시시 웃었다.

"짐작하고 있는 거 아녔어?"

"그래도 자세히 말씀해 주세요."

"칫. 나는 일일이 떠먹여 달라는 남자가 제일 싫더라."

지호의 낯짝이 일그러지자, 천밍위에의 미소가 더 짙어졌다.

"알았어. 알았다구. 그렇게 표정을 지으면 천밍위에가 무서워지잖아요!"

대체 이 여자는 그토록 많은 나이를 먹고 전생에는 무려 남자이기도 했던 사람이 이러고 싶은 걸까. 딴죽을 걸고 싶은 마음이 굴뚝같았지만, 천밍위에가 종이 가방에서 뭔가를 꺼내자 하고 싶은 말이 싹 사라졌다.

함이다.

정성스레 깎인 함.

흔히 옛날 양갓집 규수들이나 썼을 보석함 정도로만 보였지만, 지호의 눈에는 전혀 다르게 보였다.

"봉인구로군요. 그것도 신진철로 만든."

정확하게는 봉신구(封神具)다.

기능만 따진다면 여의봉과 비교해도 절대 뒤지지 않을 힘을 지닌.

"맞아. 그리고 안에 든 건……."

딸칵.

천밍위에가 함의 뚜껑을 연다.

"삼장의 사리야."

안에는 여섯 개의 구슬이 들어 있었다.

맨들맨들하게 우윳빛으로 빛나는 구슬. 어렴풋하게 서광까지 돈는다.

"그리고 난 삼장의 명에 따라 '이제야' 오게 되었어."

탁!

천밍위에는 다시 뚜껑을 닫으면서 말했다.

"그럼……?"

"응. 삼장이 너에게 남긴 전언은 사실 한 개가 아니었어."

첫 번째 전언은 나후 때를 말하는 것이겠지.

천밍웨이가 말을 잇는다.

"난 두 번째 메시지를 이행하기 위해서 이렇게 널 계속 기다렸던 것이고."

"제가 어디 어떤 곳에 나타날지, 정확하게 예측하고 있었다고요?"

제아무리 예지라 하더라도 정확한 사실을 예견할 수는 없다. 두루뭉술한 덩어리만 보일 뿐. 천 년도 넘게 내다보는 예지라면 더더욱.

　"네가 어디서 태어날지, 어느 시점에서 활동할지, 어떻게 가객(歌客 노래를 하는 사람)이 될지를 알고 있었으니까. 그 정도만 내다보더라도 범위는 축소돼."

　내가 노래를 부르리란 걸 알고 있었다고?

　지호가 놀란 눈이 되었지만, 천밍위에는 그게 중요하지 않다는 듯 고개를 저었다.

　"물론, 이런 걸 내다 본 게 삼장만 있었던 건 아니야."

　지호가 앓는 소리를 냈다.

　"수보리……."

　"그래. 삼장은 자신의 대사형 역시 미래를 내다보는 혜안을 지녔으리란 걸 알고 안배를 마련해 둬야만 했어. 이때부터 조용히 시작되었어. 수보리와 삼장의 싸움은."

　지호는 뭔가 뜨이는 게 있었다. 두 눈이 커졌다.

　"그렇다는 건…… 혹시 그동안 녀석들에게 쫓기고 다니셨던 겁니까?"

　예지안을 따라 보인다.

　알게 모르게 천밍위에의 영혼이 입은 상처들이.

　숲을 따라, 산자락을 따라, 바다를 건너…… 그녀는 계속되는 아바타라들의 추적을 피하고, 피하고, 또 피해 다녔다.

삼장의 사리가 든 함을 가슴에 꼭 끌어안고서.

"응. 놈들은 삼장의 안배가 너에게 가지 못하도록 계속 훼방을 놓으려 했어. 아니, 오히려…… 삼장을 깨워서 자기들이 데리고 가려고 했지."

지호는 이제야 머릿속으로 그림이 그려지는 것 같았다.

"그럼 바로 저에게 오시지 그랬습니까! 그랬다면……!"

"놈들이 더 좋아했겠지."

천밍위에가 귀엽게 입술을 삐죽였다.(하지만 지호의 눈에는 돼지가 입술을 삐죽이는 걸로 보였다.)

"너에게 의탁하려면 행동반경이 좁혀질 수밖에 없으니까. 저들로서도 오히려 내가 너에게 접근하는 걸 기다렸을 정도라고."

"아……."

지호는 미안한 마음에 고개를 숙였다.

"제가 예지안만 잃지 않았어도."

"뭘 그럴 수도 있지. 너도 정신없었잖아? 여하튼 나로서는 계속 몸을 숨기면서 네가 부처 놈들을 쓸어버리기를 기다리는 수밖엔 없었어. 삼장도 거기에 대해서는 이렇다 할 남겨 놓은 게 없었으니까, 뭐."

천밍위에는 그때를 생각하면 분이 안 풀리는지 툴툴거리면서 말을 이었다.

"네가 수보리까지 봉신시킨 걸 느꼈을 때도 혹시 수보리가 남겨 놓은 게 있나 싶어 주의를 기울여야만 했어. 그래서 시간도 이렇게 소요된 거고."

지호는 이해한다는 듯이 고개를 끄덕였다.

"그리고 이제 남섬부주는 전부 정리된 것 같으니까 나타난 거야."

"그럼 이번에 남겼다는 전언은 뭡니까?"

"이거야."

천밍위에가 앞으로 성큼 나서면서 삼장의 사리함을 앞으로 내밀었다.

지호는 얼결에 받은 채로 두 눈만 끔뻑였다.

천밍웨이가 가볍게 웃었다.

"혹시 투전승불의 사리, 남아 있어?"

"조각이라면 남아 있습니다."

"그럼 그것과 식은 태양을, 사리함에다 같이 넣어."

지호는 무슨 말인가 싶었지만 일단 시키는 대로 사리함의 뚜껑을 다시 열었다.

쏴아아아아!

마치 지호를 반기듯이, 천밍위에가 열었을 때보다 더 환하게 빛을 발한다.

우윳빛 서광이 잔잔하게 흐르는 사리 옆에다 깨진 투전
승불의 사리 조각들을 놓고, 여전히 붉은빛을 드러내는 석
영도 같이 놓았다.

그 순간,

쩌거거거걱!

갑자기 삼장의 사리 표면으로 금이 크게 가면서 잘게 쪼
개지더니,

휘리리리릭!

허공에 떠오르며 자그마한 소용돌이를 그렸다.

금색 빛을 머금은 투전승불의 사리도, 붉은빛을 발하는
석영도 같이 잘게 쪼개지면서 소용돌이에 휘말려 한데 뒤
섞인다.

하얗고, 노랗고, 붉은 가루들이 빛을 명멸하면서 춤을
추는 광경은, 보는 이로 하여금 절로 탄성을 일게 할 정도
로 아름다웠다.

"아까 전에 부처들이 삼장을 깨우려 한다고 했었지?"

천밍위에가 그런 신기한 광경을 보면서 입을 열었다.

"그럼 그 이유는 뭘까? 단순히 삼장을 훼방 놓기 위해서
였을까? 그의 예지는 수보리보다도 더 뛰어나니까? 단순
히 그런 이유에서일까?"

지호는 그제야 뭔가가 뜨이는 것 같았다.

천밍위에의 미소가 더 짙어졌다.

"맞아. 삼장이 필요했던 이유는……."

소용돌이가 한데 뭉치기 시작한다.

"그의 사리가 자물쇠의 일부이기 때문이었어."

그녀의 말이 끝나는 것과 동시에,

쩌어어어어엉!

한데 압축되어 둥근 구슬이 되자 맑은 범종 소리가 한가 득 울려 퍼진다.

표면을 따라 마치 구름처럼 삼색 광채를 반짝이는 구슬.

지호는 손을 뻗어 그 구슬을 쥐었다.

순간, 구슬이 부르르 떨리면서 심장 한편이 찌르르 울리 는 걸 느꼈다.

공명(共鳴)이다.

지호의 영혼에 반응하는 것이다.

'이거였던 거야. 자물쇠의 원래 모습은.'

예지안을 따라 너무나도 선명하게 보인다.

구슬의 특징이, 구조가, 쓰임새가. 그리고 공간과 차원 을 격해 그 너머에 있는 것도 보였다.

화아아아아악!

―그것은 거인이었다.

아니, 단순히 거인이라고 칭하기에는 커도 너무 컸다.

지호가 여태 봤던 존재 중 응룡도 여기에는 미치지 못할 것 같았다.

세상을 한 줌에 쥘 수 있을 정도로 어마어마한 손. 끝을 모르고 계속 이어지는 몸뚱이.

거대한 협곡이라 생각되는 곳 아래에는 눈동자가 분노로 이글거리고, 그 옆으로는 하늘을 찌를 듯이 산처럼 높게 선 이목구비가 곳곳에 보인다.

만약 이것이 일어난다면 세상은 어떻게 될까?

가볍게 짓밟히리라.

저 깊숙한 아래에 있다는 저승은 가볍게 짓뭉개질 것이며, 손을 흔들면 네 개의 세상은 강풍에 휩쓸려 흔적조차 남지 않을 것이고, 머리는 세상의 뚜껑이라는 천계에 쉽게 닿아 전부 삼켜 버리고 말겠지.

그만큼 이 거인이 세상에 품은 분노는 대단한 것이었다.

하지만 다행히도 거인은 그 거대한 몸뚱이를 칭칭 감은 쇠사슬 때문에 옴짝달싹 못하는 상태였다. 그저 번들거리는 두 눈만 좌우로 움직일 뿐.

그래도 탈출하고픈 의지는 가득하다. 쉴 새 없이 꿈틀거리며 쇠사슬을 끊어 내려 한다.

철그럭. 철그럭, 철그럭!

다행히 쇠사슬은 튼튼해서 떨어질 생각을 않았다.

하지만,

쩍, 쩌저적, 쩌저적—

군데군데 녹이 슨 부분 사이로 아주 조금씩이지만 균열이 가고 어떤 곳은 끊어지고 있었으니.

그런 소리가 들릴수록 거인은 더더욱 몸을 격렬하게 움직였다.

어떻게든 이곳에서 나가겠다는 일념 하나로!

"꾸어어어어어어어어어!"

이것이 바로 반고.

태초에 혼돈이라는 알을 깨고 태어나 끝내 세상의 재료가 되었다는 존재였다.

"……이건?"

"봤어?"

천밍위에는 지호가 예지를 다 보기를 기다렸다가 말을 걸었다.

"반고, 죠?"

"응. 정확하게는 지옥보다도 더 밑바닥에, 심연의 나락 한가운데에 박혀 있다는 반고의 정수. 혹은 영혼."

천밍위에의 안색이 딱딱해진다. 여태 장난기 가득했던 것과는 전혀 다른 모습.

"하지만 녀석은 어떻게든 그곳을 빠져나오고 싶어 해. 자신의 육신은, 저 위에서 벌레 같은 놈들에게 마구 농락 당하고 있는데, 자신은 그런 곳에서나 갇혀 있으니까."

"홀로 억겁의 세월을 견뎠던 거네요."

"맞아. 안타깝긴 하지만…… 어쩔 수 없어. 녀석이 깨어 난다는 건 이제야 겨우 자리를 잡아 가는 세상이 통째로 무 너진다는 뜻이니까."

천밍위에의 고요한 눈동자가 지호를 담아낸다.

"그리고 반고가 일어날 수 없게 막는 것이……."

"수인의 일족. 즉, 저로군요."

"맞아. 철과 불을 다룬다는 너희들. 삼황 중 한 명인 수 인 때부터 염제 신농에게로, 그리고 려에게까지 이어졌던 너희 전승자들의 역할이야."

천밍위에는 딱딱한 어조로 말을 이었다.

"하지만 려의 사망 이후로, 쇠사슬을 만들고 보수할 사 람은 없어져 버렸지. 계속 노후화되고 말았던 거야."

지호도 그제야 위험성을 알 것 같았다. 안색이 딱딱하게 굳는다.

"오래전에 오공이 어떻게 손을 쓰긴 했지만…… 임시방

편이었을 뿐이고. 삼장도 이를 알고 너무 안타까워했어."

눈가에 살짝 웃음이 진다.

"그러다 삼장은 널 보고 기대를 걸기로 한 거야."

빛의 신위를 품을 지호에게로.

'그렇게 된 거로군.'

철과 불을 다루던 려.

그의 힘과 의무는, 장구한 세월을 지나 지호에게까지 닿고 있었던 것이다. 끊어지려는 쇠사슬에 손댈 수 있는 건 지호밖에 없었다.

'이것도 여와의 뜻일까?'

언제나 느낀 것이지만, 참 인과율은 묘하다 싶었다.

려가 쌓았던 인연들도 하나둘씩 닿더니, 결국 그가 가진 것들도 차례대로 닿는다.

아마도 운명(運命)이라고 해도 되리라.

모든 것이 그렇게 흐른다.

또한, 공교롭게 상황이 그렇게 만들어지고 있다.

옥황상제는 반고를 깨워 유일신이 되려 한다.

석가여래는 반고를 삼켜 비로자나불을 깨우려 한다.

그렇다면, 자신이 해야 할 일은 단 하나.

"그것이 제가 저승으로 넘어가야 할 이유인 거네요."

"그렇게 생각해 준다면 고맙지."

천밍위에가 매력적인 미소를 입가에 떴다.

이제 해야 할 일은 결정되었다. 쇠사슬에 손을 댈 수 있는 건 세상에 오직 지호밖에 없고, 그걸 위해서는 저승으로 넘어가야만 했다. 반고는 저승에서도 가장 밑바닥, 무간지옥보다도 더 아래에 갇혀 있으니까.

더 이상 여기서 시간을 끌고 있을 수 없었다. 당장 하루가 시급해졌으니.

지호는 손을 활짝 펼쳐 아주 오래전에 이예로부터 건네받았던 애기살을 꺼냈다.

저승으로 갈 수 있는 자물쇠와 열쇠.

이것을 열기만 하면 되리라.

지호는 아무런 망설임 없이 애기살을 구슬에다 꽂았다.

철컥!

*　　　*　　　*

여전히 어둡기만 한 여의봉 안.

"……승전보살, 소득공덕, 이제보살, 불수복덕고…….."

수보리는 여전히 눈을 감은 채 독송을 하고 있었다.

비서사 역시 그것을 가만히 보고 있던 와중에 크게 눈을 뜨고 말았다.

갑자기 수보리를 따라 배광(背光)이 일어나더니 조금씩 색이 짙어지면서 어둠을 물리치기 시작한 것이다.

　　—이것은……?

　"운하보살, 불수복덕……."

　　—그렇군! 그런 것이었어! 하하하하하하! 언젠 간 일어날 일일 줄은 알았지만 이렇게 연결이 될 줄은……! 역시 수보리! 그대는 이렇게나 멀리 보고 있었던 것이었소?

　비서사의 웃음소리가 커진다.

　비서사는 고개를 활짝 들었다. 미간 사이로 열린 눈동자가 까마득한 뭔가를 봤다. 아니, '느꼈다'.

　광명편조가 환희로 가득찬다.

　여의봉 너머에서, 제천대성이 저승의 문을 열려 하고 있었다!

　그것도 바로 골치 아프던 삼장에 의해서!

　　—그래. 열려라. 과정이 어떻든 무슨 상관일까! 열리는 것, 철지천통을 제 스스로 해제하는 것이 중요할진대!

　환희는 광소가 된다. 광소는 광기로 가득 찬다.

　비서사가 웃음을 그치지 않는 동안, 수보리를 둘러싼 배광은 더더욱 짙어져 여의봉을 물들여 간다.

"소작복덕, 불응탐착, 시고, 설불수복덕……!"

바로 그 순간, 갑자기 수보리의 독송이 뚝 그쳤다. 그러더니 감겼던 눈동자를 살짝 반개(半開)했다.

눈가에 살짝 안타까움이 흘렀다.

"……그리 쉽게 풀리지는 않는군."

*　　*　　*

그때였다.

지호와 천밍위에가 있던 방문이 열린 것은.

"선배, 밖에서 다들 기다리는데 안 가세…… 요?"

서은영이 안으로 들어왔다가 살짝 말끝을 흐렸다.

지호와 천밍위에의 안색이 딱딱했다. 마치 끔찍한 사고 현장이라도 목격한 듯 식은땀을 흘렸다. 두 사람의 눈동자에 맺힌 초점이 흐렸다.

"삼장이, 졌어. 처음으로……."

"젠장……!"

아직 초점이 제대로 잡히질 않은 지호의 눈가에는 다른 예지가 비쳐지고 있었다.

　　―아쉽군. 따라 넘어갈 수 있었거늘…….

—그리 호락호락하지는 않다는 것인가? 후후후
후.

　귓가를 맴도는 여러 목소리들.

　그건 바로 부처들의 목소리였다.

　지호가 저승의 문을 여는 순간을 틈타 저승으로 같이 넘어가려는 부처들이 있었다. 수보리와 명왕들 외에도 이 땅에 강림한 다른 부처들이 있었던 것이다.

　남섬부주가 아닌, 바로 동승신주에!

　—참혹한 동승신주의 현장이 지호의 눈가에 비쳐졌다.

　"신인이시여! 제발! 제발 우리들의 곁으로 돌아와 주십시오!"

　"비나이다. 비나이다. 저희들의 기도를…… 당신의 어린 양들을 굽어 살펴 주십시오."

　지호를 모시는 종교, 명교의 사당에 수많은 사람들이 모여 몇 번이고 절을 올리고 기도를 한다.

　하나같이 꾀죄죄한 행색을 한 빈민들이다. 옷은 낡았고, 아이들은 영양 결핍으로 앙상하게 말랐다. 신도들의 눈가에서는 눈물이 뚝뚝 흘러내렸다.

　"더러운 반역 도당들이다! 신성한 사당과 교회를 더럽히는 것들을 당장 치워 버리고 하옥하라!"

"예!"

"예!"

척 보기에도 사당의 최고 직위로 보이는 사제의 으름장에, 사당을 호위하고 있던 병사들이 강제로 빈민들을 끌어내기 시작한다.

이런 광경은 한두 곳에서 벌어지는 게 아니었다.

곳곳에서 비슷한 양상이 불거지고 있었다.

채찍질을 하는 사제와 신관들이며 그런 이들의 추격을 피해 도망치기 바쁜 사람들.

얼마 전까지 풍요로웠으나, 이제는 삭막하게 불타 버린 논밭.

곳곳에 들끓는 유민들…….

마치 예전에 환란이 일어났을 때와 비슷해 보이는 양상들이었다.

평화로웠던 동승신주가, 미쳐 가고 있었다.

예지는 아주 짧게 끝났다.

하지만 그것이 주는 여운은 지호를 미치게 만들었다.

"우웁!"

지호는 손으로 입가를 틀어막았다. 헛구역질이 계속 나

왔다.

'여태 동승신주의 시간이 흐르고 있었어……!'

지호는 손오공이 그랬던 것처럼 이제 두 세상을 오고 갈 때에 시간의 흐름을 마음대로 조절할 수가 있었다. 그래서 지난 3년 동안 남섬부주에 머무는 동안, 동승신주의 시간을 거의 정지시키다시피 했었다.

그런데 예지안을 잃은 지난 시간 동안, 동승신주의 시간이 다시 흘러 버리고 말았다.

바로 저쪽에 강림한 부처들에 의해서!

'어째서……! 어째서 생각을 못했던 거지……? 어째서!'

지호는 여태 무감각했던 스스로에게 혐오감을 느낄 정도였다.

부처가 남섬부주에 의지를 투영할 수 있다면, 당연히 동승신주에도 할 수 있을 것을. 려의 무덤이 이곳에 있다면 당연히 저쪽 세상에도 몇 개가 있는 것을.

애초 수보리가 노리고 있던 게 바로 이거였던 것이다.

스스로를 희생해 지호의 이목을 남섬부주에만 국한시키는 것. 또한, 저팔계를 만나 저승으로 넘어갈 수 있게 인도하는 것.

그래서 그 뒤를 따라 부처들을 저승으로 넘어갈 수 있게 만들려 했던 것이다!

'빌어먹을 것들.'

지호는 이를 으득 갈았다.

대체 놈들은 저쪽에서 뭘 하고 있었던 것일까?

무슨 일이 벌어졌기에 동승신주가 그런 꼴이 되었던 거지?

3년 전 지호가 떠나올 때의 동승신주는 너무나 평화로운 곳이었다. 명국의 공정한 정치 아래, 많은 사람들의 입가에 웃음이 만발한 세상이었다.

그런 곳을 그렇게 망가뜨리다니.

만약 적절한 시기에 서은영이 나타나지 않았다면, 조금이라도 빨리 애기살을 돌렸다면 아무것도 모른 채로 저승으로 넘어갈 뻔했다.

"선배? 선배!"

서은영이 놀란 나머지 다급히 뛰어와 지호를 부축했다. 지호의 안색이 창백하다 못해 핏기가 아예 가셨다.

"왜 그러세요? 무슨 일, 있으세요?"

"아냐. 아무것도. 갑자기 현기증이 돌아서 그래."

지호는 괜찮다며 서은영을 물리고, 자신만큼이나 안색이 좋지 않은 천밍위에를 돌아봤다. 마주친 시선 사이로 여러 대화가 오고 갔다.

이곳은 서은영이 있다.

"……일단 자리부터 옮기죠."

여기서 대화를 나눌 순 없었다.

지호가 문 쪽으로 몸을 돌리려는데, 갑자기 서은영이 덥석 그의 소매를 잡았다.

서은영은 어딘지 모르게 불안해 보였다.

"왜 그래?"

서은영은 아주 잠깐 말하기를 머뭇거렸다. 뭔가를 망설이는 것 같은 모습. 그러다 아랫입술을 살짝 깨물더니 지호의 눈을 응시했다.

"또 가시는 건가요?"

"……."

아주 잠깐이지만, 동승신주에 대한 걱정이 얼핏 멈추고 수많은 생각들이 지호의 머릿속을 스쳐 지나갔다.

그러다 희미하게나마 웃었다.

"가긴 어딜 간다고 그래. 어서 가자. 밖에서 사람들 기다리겠다."

"사촌 오빠예요!"

지호가 돌아서려는데, 별안간 서은영이 소리쳤다.

지호는 눈을 동그랗게 뜬 채로 그녀를 다시 돌아봤다.

"어제 저 태워 줬던 남자, 사촌 오빠라고요."

순간, 지호는 머릿속이 맑아지는 것 같았다.

눅눅하게 마음 한 편을 자리 잡고 있던 것이 확 하고 흩어진다.

한참을 빤히 쳐다보자, 서은영은 쭈뼛대면서 소맷자락에서 손을 뗐다. 그러다 고개를 푹 숙인다. 자신이 생각하기에도 뜬금없다는 걸 느꼈는지, 볼가가 살짝 달아오른다.

"이, 이야기해야 할 것 같아서 하는 거예요."

"다행이네."

따스한 목소리.

서은영이 놀란 눈으로 고개를 번쩍 든다.

지호는 활짝 웃으면서 그녀의 머리를 쓰다듬었다.

"금방 다녀올게."

지호는 가벼운 인사와 함께 문을 나섰다. 천밍위에도 슬쩍 웃으며 그녀에게 손을 흔들어 주다 뒤를 따랐다.

홀로 남겨진 방.

서은영은 여전히 얼굴에 홍조를 띤 채, 두근대는 가슴을 꾹 눌렀다. 입가에 미소가 번졌다.

*　　　*　　　*

천밍위에는 지호를 따라 축지를 밟아 옥상에 올라섰다.

"덮쳐."

"장난스럽게 여길 애가 아닙니다."

지호가 무뚝뚝하게 고개를 젓는다.

천밍위에가 배시시 웃었다.

"좋아하는구나?"

"……."

지호는 가만히 미소만 지었다.

하지만 대답은 그걸로 충분했다.

"호호호호호. 돌 원숭이가 사랑에 빠지다니. 정말 오래 살고 볼일이야."

천밍위에의 웃음소리가 울리는 동안, 지호의 미소는 더욱 짙어졌다.

지호는 이제 여태 외면했던 자신의 감정을 인정했다.

'……피해 다녔던 거야. 그동안.'

여태 인정하려 하지 않아서 그렇지, 스스로도 잘 알고 있었다.

서은영을 단순히 동생으로 보고 있지 않다는 것을.

그런데도 외면했던 것은, 미안함 때문일 것이다.

저승에서 외로이 싸우고 있을 이나은에 대한 미안함.

하지만 지호는 더 이상 자신의 감정을 숨기지 않으려 했다.

이번을 계기로 확실히 깨달았을 뿐이다.

단순히 남자친구가 생겼을지 모른다는 생각에 잔뜩 흥분을 하고, 또 아니란 말에 기분이 좋아지기까지 하니.

상대의 말에 기분이 천당과 지옥을 왔다 갔다 하는 것.

그 감정을 모른다면, 바보거나 천치거나. 둘 중에 하나겠지.

하지만 지호는 그런 마음을 잠시 묻어 뒀다.

지금은 해야 할 일이 있었다.

천밍위에를 돌아보며 말했다.

"그럼 가시죠."

"아냐. 난 여기 있을게."

"예?"

천밍위에는 손을 가로저었다.

"지금 이 몸으로는 발목만 잡을 것 같고. 더구나 네가 없는 사이 다른 부처들이 올 수도 있잖아? 막아야지."

"알겠습니다. 그럼 잘 부탁드릴게요."

지호는 가볍게 웃고는, 검지에 낀 금고아로 공력을 잔뜩 불어 넣었다.

지이이이이이이이잉!

열린 공간과 함께 눈앞을 따라 광경이 바뀐다.

콘크리트 숲으로 가득 찬 도시가 아닌 녹음으로 가득한 세상이 발아래로 펼쳐졌다.

하지만 지호의 눈은 무겁게 착 가라앉았다.

녹음은 산만 그러할 뿐, 그 너머에 있는 마을은 인기척 하나 느껴지지 않았다.

탁!

지호는 축지를 밟아 마을의 구역으로 들어섰다.

때마침 황량한 바람이 불며 지호의 코끝을 감돈다.

'아무도 안 살게 된 지 너무 오래되었어.'

얼마나 오랫동안 사람이 비었던 걸까.

사람 하나 살지 않는 유령 마을 곳곳에 남은 흔적들은 이곳에 살던 사람들이 어떻게 도망쳤는지를 생생하게 보여줬다.

수없이 찍힌 말발굽 자국. 부서져 덩그러니 놓인 수레. 반쯤 타다 만 가옥들. 뭔가 끌려간 흔적.

약탈의 흔적들이었다.

"이 마을에 배교도가 숨었다는 제보가 있었다. 샅 샅이 뒤져!"

"여기냐? 여기더냐! 어서 나와라!"

"저희들은 정말 모릅니다요! 정말! 정말……! 으아아악!"

"시끄럽기 짝이 없군. 뭐하나, 어서 뒤지지 않고!"

"다, 달아나! 어서!"

"이것들이 달아나는 꼴을 보아하니 정말 이곳에 뭔가가 있긴 있는 모양이로군. 가옥 하나 하나, 개미 새끼 한 마리까지 뒤져야 할 것이다. 방해하는 자는 모두 죽여도 좋다!"

"영아 아버지! 돌아와요! 돌아와!"

"으아아아아아앙!"

"신인이시여, 제발 우리들을 구원해 주소서!"

"신인이시여!"

"신인이시여……!"

예지안으로 이곳에 있었던 일들을 엿보는 내내, 한 가지 단어가 지호의 가슴에 박혔다.

배교(背敎).

종교를 배신했다고?

대체 무슨 종교를?

분명 지호의 눈이 틀리지 않았다면, 약탈을 자행한 자들은 명교의 고위 사제, 즉, 주교나 장로 급 이상이나 입을 수 있는 하얀 법복을 입고 있었다.

그의 명에 따라 약탈을 자행하는 것은 명교 소속의 무사들이었고.

문제는, 명교가 내세우는 가장 큰 교칙이, '관용'이란 점이었다.

동승신주는 네 개의 세상 중에서 천계의 영향을 가장 많이 받는 특성상, 유행하는 종교가 다신교(多神敎)일 수밖에 없다.

비록 각 종교마다 안에서 중요시하는 신은 다를지 모르지만, 다른 신들을 무시하거나 배격하는 일은 크게 없었다.

게다가 명교는 다른 종교에 비해 비교적 늦게 발흥한 탓에, 다른 신들을 함께 믿는 것에 관대한 입장이었다. 실제로 명교의 신도들 대다수가 다른 신들도 믿거나, 절에 다니는 경우가 허다했다.

이는 지호가 백 년에 가까운 세월을 동승신주에 머물면서 알게 모르게 종교관에 개입해 유도한 결과이기도 했다.

혹여 명교를 국교로 내세우는 명국이, 다른 종교를 탄압하는 광신적인 일이 벌어질까 저어되었기 때문이다.

한 마디로 절대 배교란 것이 있을 수 없는 것이다.

그런데,

'배교를 논한다고? 내 신도들이 확실한데도?'

약탈을 당해 죽어 가던 이들이 마지막까지 찾던 존재는 바로 지호였다.

명교를 세운 교조이자, 그들이 떠받드는 신(神).

같은 신을 모시는 신도들인데도 불구하고, 배교도라 손가락질을 하며 탄압을 하는 것이다.

지호는 축지를 밟아 다른 마을로 이동했다.

하지만 발길을 내딛는 곳마다 비치는 것은, 처음 본 곳과 다르지 않은 마을들이었다.

일성(一城)이 통째로 망가져 있었다…….

*   *   *

광신(狂信), 광신, 광신.

지호가 발길을 밟은 곳은 오로지 광신으로 가득 찬 세상이었다.

내가 믿는 것이 오로지 진리이며 네가 믿는 것은 삿된 것이다. 서로가 배교도라고 손가락질을 하고, 약탈을 하며, 심지어 죽이기까지 한다.

분노와 광기로 가득 찬 세상.

으드드득!

"감히⋯⋯!"

지호는 이를 으스러져라 갈았다.

웬만한 일에는 꿈쩍도 않는 그였지만, 지금 그의 머릿속은 오로지 분노로 가득 찼다.

자신이 자리를 비운 사이, 동승신주에 흐른 시간은 고작 십여 년.

그 짧은 시간 동안 평화롭기만 하던 모든 것이 엉망이 되고 말았다.

이유는 간단했다.

종파가 갈라졌다.

본디 명교는 신인을 숭배하며 신녀 이나은의 주창 아래 만들어진 종교.

그런데 이나은이 남긴 경전이 후대로 내려오면서 해석이 여럿으로 갈라지고, 교리와 제사 방식이 달라지면서, 수십 개의 종파(宗派)가 생겨난 것이다.

각 종파는 서로 자신의 방식이 옳다며 다른 종파를 비방하다, 끝내 그릇된 광신에 휩싸여 서로를 탄압하고 학살하기에까지 이르렀다.

그 과정을 보는 내내 지호는 미쳐 버릴 것만 같았다.

각각의 종파가 대립하는 과정에서 어느 한 군데에서도

관용이란 없었다.

오로지 배격과 편협함, 그리고 광신만 있을 뿐.

더구나 명교의 가장 중심일 수밖에 없는 황실은 오랜 기간 동안 황좌를 둘러싼 내분으로 인해 외부로 눈길을 돌릴 새가 없었다.

결국 평화롭던 명국은 어느새 사분오열 되어 서로가 죽고 죽이는, 그런 곳이 되고 말았다.

그리고 그러한 흔적 곳곳에서 이 땅에 강림한 부처들의 흔적을 볼 수 있었다…….

"이것이 너희가 늘 지껄여 대는 극락이며 정토더냐? 이곳 어디를 보아야 너희들이 그토록 외쳐 대는 자비가 있고, 반야가 있단 말이더냐! 말해 보라, 수보리!"

지호는 여의봉을 꺼내 으스러져라 꽉 쥐었다. '수보리'라 적힌 명단을 노려보며 노호를 터뜨린다.

"너희들과 걷는 길은 다를지언정 그래도 옥황보다는 낫다고 여겼건만! 대체 무슨 잘못이 있어 이 몸의 신도가, 이 몸의 자식이, 이 몸의 어린 양들이 상처를 입고 배회해야 한단 말이더냐!"

눈가에 화안금정이 맺힌다.

"좋다. 이것이 너희들의 뜻이라면……."

다른 때보다 환하게, 불꽃처럼 이글거린다.

 "너희 모두를, 이 땅에서 지워 주겠다."

지호는 여의봉을 허공에다 높이 던졌다.

"성!"

부름과 함께 여의봉이 환한 빛으로 물들더니 곧 길쭉하게 늘어나 거대한 용이 된다.

천계를 휘저었을 때보다도 훨씬 커진 크기.

이제는 응룡이 남긴 업을 모두 소화해 용왕들마저도 고개를 조아려야 할 최고룡(最高龍)이라 해도 과언이 아니었다.

─응. 말해 줘.

청룡은 하늘을 가득 메운 채, 지호를 내려다보며 명령을 기다렸다.

"이 땅에 아직 있을 정토 놈들, 전부 잡아 와."

이글대는 화안금정을 마주치며, 청룡은 고개를 크게 주억거렸다.

─알았어!

청룡이 고개를 번쩍 들더니 아가리를 활짝 벌려 포효했다.

크어어어어어어어어……!

청룡의 울음소리가 하늘을 금방이라도 부술 듯이 크게 휘저으며 곳곳으로 퍼진다. 메아리는 하늘을 따라 퍼지는 구름과 육지를 따라 흐르던 바다에 스며들어 최고룡의 의지를 강제로 심었다.

그리고,

쿠쿠쿠쿠쿠쿠쿠쿠!

세상이, 뒤틀리기 시작했다.

*　　　*　　　*

뒤틀린 세상을 따라 곳곳에 벼락이 쏟아진다.

"이, 이게 대체 뭔가!"

가장 먼저 이상 현상을 깨달은 것은 법상이란 선인이었다. 세상이 부서지는 게 아닐까 싶을 정도로 어마어마한 격동이 지축을 뒤흔든다. 산사태가 크게 일어나 그가 머물던 암자가 휩쓸렸다.

다행히 법상은 하늘로 몸을 날려 산사태를 가볍게 회피할 수 있었지만, 곧이어 쏟아진 벼락이 단숨에 그를 집어삼켰다.

"……그리하여 명교는 제 믿음만을 강요하고, 이를 따르지 않을 시에는 죽이려고까지 드는 마교(魔敎)가 되어 버리고 말았소이다. 도처에 신음을 흘리는 중생이 몇이며……!"

중앙 단상에서 갑자기 벌어진 법회에, 많은 군중들이 모여든다.

척 보기에도 상당한 법력이 느껴지는 고승.

그가 내뱉는 한 마디 한 마디는 지난 십여 년 동안 명교가 저질렀던 악행에 대한 규탄이었다.

덕분에 몇몇은 눈시울을 붉히기도 했다.

지난 분란 동안 그들이 받아야만 했던 고통이 너무나 대단했기에…….

그럴수록 고승 백승은 속으로 뿌듯해했다.

'이들을 모두 아미타불로 인도할 수 있다면…….'

구십여 년 전, 연옥과 있었던 전쟁 이후로, 백승을 비롯한 정토는 무한정 침묵에 들어갔다.

제천대성에 의해 천계가 뒤집히고 절지천통까지 이뤄졌다는 말은 익히 들은 바. 더 이상 이예도 날뛰지 않을 테고, 절교도 지옥에 갇혔다 하니 이제 환란은 없으리라 여겼다.

지난 천 년을 넘도록 그러했듯이, 이번에도 산속으로 들

어가 수양을 쌓는 것이 부처가 되는 지름길이며, 부처의
뜻을 실현하는 지름길이라 여기기도 했다.

그러다 십 년 전, 정토의 뜻을 모두 뒤바꾸는 사건이 있
었다.

간만에 그들 사이로 계시(啓示 신탁)가 내려온 것이다.

그것도 석가여래로부터.

'명교의 빛이 세상을 불길로 인도하리라.'

이때부터였다.

정토가 밖으로 나와 설법을 시작한 것은.

그리고 정말 기다렸다는 듯이 명교는 그때부터 망가지기
시작했다.

다른 종교를 탄압하고, 서로 교파가 나뉜 채 칼부림을
마구 해 댔다.

정국은 어지러워지고, 세상은 다시 환란으로 돌아간 것
처럼 혼란스러워졌다.

물론 곳곳에서 그것을 유도하고 있는 듯한 그림자를 보
기도 했다.

하지만 백승은 어차피 이렇게 될 것이었다고 여기며 그
쪽은 외면한 채, 자신만이라도 중생들을 구도해야겠다는

생각에 곳곳에서 법회를 열었다.

이미 그에게 있어 명교는 마(魔)였다.

"어, 어? 저건 뭐지?"

"소나기라도 오려는 것인가?"

그때 군중들 중 몇몇이 새카맣게 변하는 하늘을 보며 웅성거렸다.

백승도 고개를 들어 하늘을 살폈다. 분명 아침에 천기를 살폈을 때까지만 해도 날이 하루 종일 맑다고 읽었기 때문이다.

하지만 곧 표정이 딱딱하게 굳었다.

쿠릉, 쿠르르릉—!

이건 단순한 먹구름이 아니었다.

천기를 흩뜨리는, 악재가 가득한 먹구름이었다!

구름 사이사이로 샛노란 섬광이 이리저리 튀는 것이 보였다.

"제…… 천대성……!"

백승의 말이 끝나기 무섭게,

콰르르르르르르릉!

벼락이 이내 흉악한 이빨을 잔뜩 드러내며 떨어졌다.

파아아앗!

백승은 지체하지 않고 하늘로 몸을 날렸다. 그가 앉았던 자리에 아슬아슬하게 벼락이 꽂혀 단상이 무너지고, 불똥이며 뇌전이 사방으로 튀었다.

"신벌이다! 신인께서 노하셨다!"

누가 외친 말인지는 몰라도, 어디선가 터진 함성에 군중들은 대거 사방으로 흩어졌다.

백승은 겨우 모았던 법회가 강제로 해산되자 마음이 쓰라렸지만, 그쪽으로 관심을 기울일 새가 없었다. 재빨리 허리춤에서 계도를 뽑아 벼락을 옆으로 쳐 냈다.

퍼퍼퍼펑!

정토에서도 손꼽힌다는 재주를 지녔다는 명성을 가지고 있는 자답게 벼락을 쳐 내는 솜씨는 과히 일절이라 할 만했다.

하지만 뒤이어 연속으로 벼락이 쏟아지는 통에, 버티기가 여간 어려운 것이 아니었다.

쩌어엉, 콰아아앙!

끝내 계도가 잘게 부서져 터진다.

새카만 그을음과 불똥, 그리고 부서진 파편 사이로, 백승은 욕지거리를 내뱉으며 얼굴을 악귀처럼 와락 일그러뜨렸다.

"왜 이제야 나타났단 말이요! 아직 그분들의 뜻은 이뤄지지도 못하였는데……! 하지만 상관없소이다! 그대가 무엇을 한다 한들, 부처의 뜻을 품은 나를 잡을 성싶소?"

　'제천대성은 곧 저승을 건너 그곳에서 참회를 하
고 또 다른 위대한 부처, 비로자나불로 돌아올 것이
니. 그때까지 속세를 아름답게 정화시키는 것이 정
토가 해야 할 일이다.'

　'하지만 그가 참회를 하지 못하고 다시 이 땅에
강림하였을 때는 마귀나 다를 바 없을 것이니, 그때
는 그를 마라라고 여겨라!'

마라(魔羅)!
석가여래가 보리수나무 아래에서 깨달음을 얻으려 할 때
에 그를 유혹하여 망가뜨리려 했다던 마귀.
만약 정말 계시대로 제천대성이 부처의 가르침을 버리고
삿된 길로 빠졌다면, 인정사정 볼 것이 없었다.
"네가 있던 곳으로 돌아가라, 마귀야!"
백승은 먹구름이 잔뜩 낀 하늘을 향해 손을 뻗었다. 부
처께서 자신에게 내려 주신 법력을 사용해 강제로 먹구름
을 흩뜨리기 위함이었다.
쏴아아아아아!

손바닥을 따라 우윳빛 빛무리가 감돌았다.

이것이 저 너머에 있을 제천대성을 무너뜨릴 힘이 되리라.

하지만 그의 기대와 다르게,

퍼어어어어엉!

"무, 무슨……?"

갑자기 빛무리가 모이다 말고 터져 나갔다.

새로 떨어진 벼락이 법력을 너무 손쉽게 분질러 버리고, 백승의 육신을 거세게 훑고 지나갔다.

"말도 안 되는……!"

좌아아아아아악!

육신이 터져 나가면서 피분수가 사방으로 번졌다.

"아미타, 불……! 아미타……불!"

화엄은 연신 불호를 외워 대면서 축지를 계속 밟아 나갔다.

그가 지나간 자리마다 벼락이 아슬아슬하게 꽂히면서 죽을 위험에서는 벗어나고 있었지만, 이미 그 역시 육신이 새카맣게 화상으로 그을려 상당한 부상을 입은 상태였다.

제천대성이 나타났다, 제천대성이 나타났다……!

화엄은 계속 그 생각만 되뇌며, 이 사실을 부처들에게

알려 주겠다는 일념으로 달리고 또 달렸다.

언젠가 그가 돌아와 자신들을 징치하리란 것은 알고 있
었다.

하지만 이건 빨라도 너무 빨랐다.

그리고 악랄해도 너무 악랄하고, 끈질겨도 너무 끈질겼
다.

이미 심령으로 연결되어 있던 정토의 다른 선인들의 소
식이 끊어진 지도 오래다.

전부 당한 것이다.

마라.

그래. 마라다.

제천대성은 세상에 있는 모든 부처와 중들을 죽이기 위
해 흉악한 이빨을 드러내는 마라가 되어 있었다!

아직 부처들께서는 눈을 뜨지 않으셨을 터이기에 빨리
'그곳'으로 가야만 했다.

하지만 화엄의 생각은 오래가지 못했다.

새로이 축지를 열고 나타난 자리, 보다 빠르게 내린 벼
락에 세상이 시커멓게 물들었다.

콰콰쾅!

"으, 으아아아아악!"

"어, 어떻게 벌써 제천대성이 이곳에……!"

"아미타불……! 아직 시작도 못하였거늘……!"

곳곳에서 정토의 선인들이 내뱉는 비명 소리가 울려 퍼졌다.

그런 곳에는 어김없이 벼락이 내렸고, 피가 뿌려졌다.

*　　*　　*

법상, 백승, 화엄…… 곳곳에서 정신을 잃었던 선인들은 어지러운 정신을 붙잡으며 억지로 눈을 떴다.

흐릿하던 초점이 겨우 잡히더니, 곧 무표정한 얼굴로 자신들을 내려다보는 이와 눈이 마주쳤다.

거의 백 년 만에 보는 얼굴.

너무나 오랜만에 보는 것이었지만, 절대 잊을 수 없는 얼굴이기도 했다.

지호였다.

"제, 제천대성……!"

법상이 화들짝 놀라 몸을 움직이려 했지만,

"앉아."

쿠우우우우우웅!

보이지 않는 어마어마한 압력이 어깨를 강제로 짓누르며

그를 패대기쳐진 개구리 꼴로 만들었다. 망치로 내려친 것
처럼 온갖 관절이며 뼈마디가 잘게 부서졌다.

"우웨에에에에엑!"

법상은 거칠게 피를 한 바가지나 토해 냈다.

동시에 바람 빠진 풍선처럼 근육과 살갗이 축 가라앉더
니 삽시간에 노화가 찾아왔다. 단전이 부서지면서 오랜 세
월 쌓았던 무공이 사라진 것이다. 바들바들 떨리는 그의
손만이 참담한 고통을 말해 줬다.

그걸 보는 선인들은 두려움에 몸을 바들바들 떨었다.

아무리 종교적인 신념을 가진 그들이라 할지라도, 공을
한 순간에 잃는 것만큼 두려운 것은 없었다.

더구나 지호가 뿌리는 기세.

하늘을 따라 지상을 굽어다보는 용의 눈동자는 그들로
하여금 두려움에 잠기게 하고, 싸늘하게 식은 황금색 눈동
자는 그들의 숨통을 서서히 옥죈다.

이대로 숨통이 막혀 질식하는 게 아닐까 싶을 정도로 어
마어마한 압박감은, 그들이 부처를 배알했을 때에 느꼈던
것보다 훨씬 지독했다.

압도적인 힘이란, 저항할 의지마저 송두리째 뽑아 버리
며 영혼을 절게 만드는 것이다.

"혜가가 보이질 않는군."

한때 같이 손을 잡고 싸웠던 동지이며, 정토의 수장 중 하나이고, 불가의 문을 수호한다는 나라연금강.

그렇기에 부처에 대한 정보를 쉽게 알아낼 수 있으리라 여겼지만, 이상하게 보이지 않았다.

청룡을 올려다보니 고개를 젓는다.

―나도 막막 찾았는데. 없었어!

"그새 숨은 건가?"

지호는 어이가 없다는 듯이 헛웃음을 흘렸다.

"뭐, 아무래도 상관없겠지. 어차피 캐낼 곳은 많으니까."

그러면서 차갑게 뚜벅뚜벅 선인들에게로 다가갔다. 가장 먼저 법상의 머리를 들어 강제로 눈을 마주쳤다.

녀석의 안색이 창백해진다.

"제, 제, 제, 제발……!"

지호가 무엇을 하려는지 알기에, 영혼을 갈가리 해체하려 한다는 것을 알기에 발버둥치려 했지만,

"보여라."

지호는 어림없다는 듯이 녀석의 영혼이 담고 있던 기억을 강제로 열었다.

화아아아악!

그날도 여느 때와 크게 다르지 않은 날이었다.

법상은 자신의 암자와 얼마 떨어지지 않은 동굴에서 면벽 수행을 하고 있던 차였다. 환란이 있은 후, 그는 자주 번뇌에 싸여 이를 털기 위해 면벽을 하곤 했다.

그러던 차에 갑자기 계시가 내려왔다.

정토에 가담한 선인이라면 누구나 들었을 계시.

명교의 빛이 세상을 불길로 인도하리란 계시였다.

아직 수양이 부족한 자라면 부랴부랴 그 뜻을 이해하기 위해 머리를 쥐어 쌌을 테지만, 법상은 그래도 혜가 다음으로 수양이 깊다 하여 하늘에 계신 석가에게 자신의 의문을 일부나마 건넬 수 있었다.

"불길이란 무엇입니까?"

—**업화다.**

"업화란 무엇입니까?"

—**세상을 집어삼킬 화마니라.**

"그가 뿌리고자 하는 빛이 화마처럼 세상을 집어삼키려 한다는 뜻인지요?"

—**산불이 일어난 자리는 토양이 비옥해져 더 굵고 더 튼튼한 나무가 자랄 것이나, 그 전까지 살던 짐승들은 고통에 허덕이느니라.**

말은 계속 이어졌다.

—그 짐승들을 보살피기 위해서는 또 다른 숲
이 필요할 것이니, 너희들이 그 숲이 되어야 하느
니라. 안으로 쌓으려 하지 말고 밖으로 베풀어라.

"하지만 저흰 미진하여 베풀 방법을 모릅니다."

　—그 아이들이 곧 너희를 인도할 것이다.

전혀 뜻을 알 수 없는 말.

명교가 곧 세상을 휘저을 재앙이 된다는 뜻이란 건 알았
지만, 그들을 어찌 다뤄야 하는지는 이해가 가질 않았다.

하지만 곧 얼마 지나지 않아 법상은 석가여래가 남긴 계
시가 무슨 뜻인지 알게 되었다.

그가 머물던 암자에 손님이 하나 찾아온 것이다.

두 눈이 황금색으로 반짝이는 손님이.

"제, 제천대성……?"

"그와 비슷하단 말은 줄곧 듣긴 했지. 하지만 그와는 다
르다. 나 역시 화안금정을 지니긴 했지만."

사내가 웃으며 인사를 건넸다.

"반갑구나, 석가의 아이야. 나는 인다라라고 한다."

"그, 그럼……!"

사내가 쑥스럽다는 듯 뒷머리를 긁적였다.

"쉽게 제석천이라고 불리기도 하지."

"크어어어어……!"

법상은 피를 몇 번이고 더 거칠게 토하더니 그대로 바닥에 주저앉았다.

스스스.

그나마 형체라도 유지하던 육체에서 생기가 완전히 빠져나간다. 법상은 삽시간에 피골이 상접한 미라 꼴이 되고 말았다.

두 눈은 뒤집혀 흰자위만 드러난다. 입에서는 탄내가 났다.

털썩.

법상은 힘없이 바닥에 주저앉아 꿈쩍도 않았다. 밟으면 그대로 바스라질 낙엽처럼 보인다. 그나마 남아 있던 생기도 희미한 촛불처럼 일렁이다 끝내 절명했다.

"히이이이익!"

"노, 노오오옴! 하, 하늘이 두, 두렵지도 아, 않으냐!"

선인들은 안색이 창백해진 채 지호에게서 달아나려 애썼다.

하지만 하늘에서 굽어다 보는 청룡의 의지에 심령이 속박된 그들은 일체 꿈쩍도 할 수 없었다.

결국 몇몇은 바들바들 떨거나, 또 몇몇은 목에 핏대를 잔뜩 세우며 고래고래 소리를 질러 댔다. 어떻게든 두려움을 숨기기 위해서.

하지만 지호는 아무런 대답도 하지 않고 싸늘한 모습 그대로 바로 옆에 있던 백승에게로 손을 뻗었다.

"제, 제천대성! 이, 이러지 말고 내, 내 말 좀 들어보시오! 우, 우리는 그래도 하, 한때 하, 함께 싸웠던 도, 동지가 아, 아니었소이…… 컥!"

백승은 안면을 덮친 손길에 말을 더 이을 수가 없었다. 살짝 벌어진 검지와 중지 사이로 두려움에 떨리는 눈동자만이 보인다.

"시끄러."

지호는 놈의 머리통을 으스러져라 꽉 쥐면서 다시 외쳤다.

"보여라."

백승은 법상이 귀인이라며 모셔 온 존재를 보고 부리나케 고개를 숙여야만 했다.

제석천이 누구던가!

도리천에서 살며 불법을 수호하고 불자들을 이끈다는 부처가 아니던가.

무용불(武勇佛)이며 뇌정불(雷霆佛)이기도 한 그의 일화들은, 하나같이 입을 떡 벌리게 만든다.

특히 그가 부린다는 벼락은 중생의 번뇌를 털어 내고, 탐욕과 죄악을 씻어 준다고 할 만큼 대단한 것이니.

비록 아바타라로서 모습을 드러내긴 했다지만, 그래도 그에게서 풍기는 위엄은 이루 말로 표현할 수 있는 것이 아니어서 백승은 진땀을 흘릴 수밖에 없었다.

"그동안 그대들의 노고가 짙었다는 것은 익히 알고 있다. 그래도 부끄럽지만, 이렇게 한 가지를 더 부탁하려 한다."

제석천은 언제나 전장의 선봉에 서서 아수라와 같은 악신들을 무찌르거나 몰아내어 이 세상에 평화를 가져다준다.

당연히 그가 하고자 하는 일은 선의일 수밖에 없다.

"말씀만 하십시오. 진창인들, 중생들을 구제할 길이라면 어찌 가지 않겠습니까?"

"세상을 정화(淨化)하고자 한다."

*　　　*　　　*

백승의 생각은 거기까지였다.

영혼이 해체되는 충격을 버티지 못하고 바로 절명해 버리고 만 것이다.

하지만 걱정은 없었다.

다른 놈에게 또 물어보면 되니까.

지호는 다음 녀석에게로 손을 뻗었다.

탐문은 계속 이어졌다.

*　　*　　*

제석천은 정토의 선인들을 일일이 만났다.

그리고 물었다.

"너희들은 현세를 어찌 생각하느냐?"

선문답 같이 너무 광범위한 질문.

그럼 돌아오는 대답은 하나같이 똑같았다.

"알 수가 없습니다."

각자가 품은 답은 있을 수 있었다.

그들 모두가 깨달음을 얻어 열반에 가까워진 고승들이 아니던가.

하지만 그리 대답한 것은 정말 모르기 때문이었다.

천계에 수많은 신과 부처들이 있어도 아직 완성되지 못한 것이 하계일진대, 하염없이 부족하기만 한 자신들이 무슨 대답을 할 수 있을까.

"평화롭지 않으냐?"

제석천은 따스하게 웃으며 말했다.

"아마 근 천 년 이래 지금만큼 평화로운 시기도 없었을 것이다. 명교라는 종교 하나가, 여태 아무도 해내지 못한 걸 해낸 게지."

정토의 선인들은 고개를 담담히 끄덕이면서도 한숨을 내쉬기도 했다.

명교가 득세함에 따라, 최근 그들이 설 땅도 많이 줄어든 탓이었다. 오랫동안 절을 다니던 불자들이, 최근 들어 숫자가 많이 줄어들고 있었다.

물론, 당장 그들로서는 상관없다.

하지만 오랜 세월이 지나고 나면 그들의 세(勢)가 한없이 줄어 끝내 사라질 게 분명한 사실.

가뜩이나 백여 년 전에 있었던 선계전으로 많은 동료들이 죽지 않았던가.

"그런 만큼 우리들이 설 땅도 줄어드는 것이 사실. 그 끝이 불우하리란 것은 이미 다들 예상하고 있을 터다. 물론 그들의 가르침이 속세를 이롭게 한다면, 우리들은 기쁜 마음으로 따를 것이다. 자비와 반야로 가득 찬 세상이야말로 우리들이 바라는 세상일지니."

모든 승려들의 시선이 제석천에게로 향한다.

무슨 말을 하고 싶은 걸까?

"하지만 문제는, 그러한 명교가 점차 편협해지고 우리를 점차 외지로 내몰고 있다는 점이니라. 그리고 끝내 말살을 하려 들겠지."

일순, 긴장된 공기가 흐른다.

선인들이 서로를 보며 웅성대기 시작한다. 몇몇은 눈가에 다른 기색을 띠며 물었다.

"저들이 모시는 제천대성이 우리를 배격하기 시작했다는 말은 들었습니다. 혹, 그것이 사실이었습니까?"

제석천은 무겁게 고개를 끄덕였다.

"사실이다."

"……!"

"……!"

제천대성과 적으로 돌아서다니!

기실 천기를 읽을 줄 아는 선인들 중 몇몇은 제천대성을 감싸는 기운이 자신들을 침범하는 것을 읽어 이를 이상하게 여기긴 했었다.

그래도 옥황상제와 대립각을 세워 이쪽과 큰 갈등을 빚겠냐는 생각이 팽배했었는데, 그게 사실이었을 줄이야.

"이미 다섯 명왕 중 셋이 당했고, 비서사와 수보리가 기나긴 잠에 들었다.”

“…….”

“…….”

선인들은 주먹을 꽉 쥐었다. 이를 악물었다.

“그리고 명교는 놈의 뜻을 이어받아 불가를 이 땅에서 몰아내고자 한다. 이대로 가만히 앉아서 당하기만 해야 할까?”

화엄이 얼굴이 붉게 달아오른 채 소리쳤다.

“저희가 어찌하면 되겠습니까!”

“나서야겠지.”

제석천이 내뱉은 말에 모두의 눈가에 힘이 단단히 실린다.

“우리는 언제나 뒤에서 지켜보기만 했었다. 상제가 사사로이 세상을 휘둘러 대도, 절교가 날뛰어 속세를 환란으로 몰아도, 명교가 일어나 대륙에 퍼져도 올바르게 갈 수 있게 묵묵히 협조하기만 할 뿐, 전면에서 나선 적은 없었다. 세상 모든 것이 여와의 뜻대로 저절로 흘러갈 것이며, 그것이 석가여래의 의중이라 여겼기 때문이다. 하지만 그것이 아니었다.”

제석천은 고개를 가로저었다.

“이미 이 세상은 비틀어지기 시작했다. 절지천통이 이

뭐졌다고는 하나, 아주 잠깐 찾아온 평화일 뿐. 이것은 곧 흐트러질 것이고, 머지않아 수미산 전체가 더 큰 어둠으로 치달을 터. 그 중심에 제천대성이 있을 것은 자명한 바. 해서. 나는. 우리들은."

제석천은 자신을 응시하는 선인들의 눈을 일일이 마주치면서 힘을 주어 말했다.

"그와 그를 따르는 무리들을 마(魔)라 여기고자 한다. 이러한 결정을, 따를 테냐?"

침묵과 적막이 내려앉는다.

그것을 동의라 받아들인 제석천은 만족해하는 얼굴로 고개를 크게 끄덕였다.

바로 그때,

"아미타불. 하나, 우리들의 다툼에 어찌 중생들을 위기로 몰아넣는단 말씀이십니까?"

그들이 있던 마당으로 혜가가 들어섰다.

표정을 잔뜩 굳힌 채로.

*　　*　　*

"쿠르르르르륵!"

또 하나의 선인이 입에 게거품을 물며 바닥에 주저앉는

다. 몸에서는 생기가 잔뜩 빠져나가 미라 꼴이 되다, 끝내 메말라 죽었다.

"이렇게 된 것이군."

지호는 손에 쥐고 있던 선인을 바닥에 아무렇게나 던지고 코웃음을 쳤다.

명교가 계속 기반을 잡을수록 지호의 힘은 강해진다. 그리고 지호가 성장할수록 명교의 교세 역시 확장된다.

그런데 여러 종교에서는 이걸 불편한 시선으로 보면서도 어찌하질 못했다.

옥황상제 등을 모시는 도교 집단에서는 자칫 명교에 휩쓸려 사라질 위험성이 다분해 몸을 사려야 했고, 불교 집단에서는 불편하면서도 아군이라는 생각에 가만히 방관을 하는 포지션이었다.

불교의 시선으로서는 투전승불이기도 했던 제천대성의 특성으로 말미암아, 명교를 자신들의 종파 중 일부로 여기기도 했다.

지호 역시 명교에 가장 앞세운 교칙이 '관용'이었기에 그들과 어울리도록 애썼다.

한데, 그러던 관계가 어느 순간부터 뒤틀렸다.

지호와 수보리의 충돌.

비록 남섬부주에서 일어난 일이지만, 이 여파가 동승신

주에게도 닿은 것이다.

자고로 신도란 모시는 신의 영향을 받을 수밖에 없기 때문에 저절로 서로가 서로를 배격할 수밖에 없고, 이에 따라 곳곳에서 분쟁이 벌어진 것이다.

제석천은 바로 이 점을 꼬집은 것이다.

그리고 바로 이때부터 불교 집단의 역습이 시작되었다.

명교에 제아무리 많은 신도가 있다 한들, 역사가 짧아 소속된 선인의 숫자는 전무하지 않던가. 당연히 선계는 제석천의 지도 아래 정토가 단숨에 주름잡게 되었다.

속세에서는 급격히 교세를 확장할 수 없기에 다른 방법을 사용했다.

"당장 우리들로서는 그들을 당해 내기가 여간 어려운 것이 아니니, 명교를 안에서부터 흔들어라. 천천히. 아주 천천히, 조금씩 무너뜨리는 것이다."

명교가 사분오열하여 내분으로 혼란스러운 와중에, 불교가 퍼져 나가 이를 진압한다.

이것이 제석천이 내놓은 계획의 골자였다.

쉽지 않을 일이었지만, 그들은 성공했다.

제석천과 정토란 힘이 있었고, 계획의 초안을 내놓은 이가 수보리였던 탓이다.

"졸렬하구나. 정말 졸렬해."

자신이 한눈을 파는 사이에 뒤에서 공작을 피우질 않나, 옳은 말을 하는 자에게 벌을 주질 않나.

이곳에 없던 혜가는 제석천의 결정에 저항했다는 이유만으로 어딘가에 단단히 유폐되어 있는 상황이었다.

이 모두가 수보리가 만들어 놓은 덫이었다.

"흐으으윽……! 제천대성! 네놈을, 네놈을 저주한다!"

마지막 남은 선인, 화엄은 잔뜩 일그러진 얼굴로 지호를 노려봤다.

"이제 너 하나만 남았군."

"이런 짓을 저지르고도 무사할 성싶으냐!"

"그럴 것 같다만?"

지호는 비웃음을 던졌다.

그럴수록 화엄은 더 속이 끓었다.

이미 그의 주변은 온통 삐쩍 마른 시신들로 가득했다.

방금 전까지만 해도 같이 뜻을 나눴던 이들. 하지만 그들은 이제 모두 고인이 되어 윤회의 고리로 떨어지고 말았다. 정토는 이제 이 세상에 없었다.

"묻지. 제석천은 어디 있나?"

"모른다!"

"하긴. 알아도 모른 척하겠지."

지호는 피식 웃었다.

"물론, 그래 봤자지만."

지호는 마지막 남은 화엄에게로 손을 뻗었다.

털썩!

화엄이 그대로 바닥에 고꾸라진다. 녀석은 마지막 남은 진기까지 메말라 버렸는지 아예 생기가 남아 있지 않았다.

그리고,

파스스스—

녀석을 비롯한 정토의 선인 모두가 가루가 되어 사방으로 흩어졌다.

"황궁이라는 거지?"

작은 혼잣말과 함께,

팟!

축지를 밟았다.

*　　　*　　　*

뚜벅. 뚜벅.

빛 한 점 들지 않은 좁은 복도.

하지만 발걸음 소리의 주인은 전혀 개의치 않는다는 듯이 계단을 쭉 내려다가다 어딘가에서 뚝 멈췄다. 그러다 아무것도 없는 허공에다 가볍게 손을 흔든다.

화아악, 별다른 광원이 없는데도 불구하고 실내에 빛이 스며든다.

그 아래, 한 사내가 쇠사슬에 대롱대롱 매달려 있었다. 천장에서부터 내려온 두 쇠사슬이 양팔을 크게 벌려 수인을 맺을 수 없도록 만든 상태였다.

축 늘어졌던 얼굴이 고개를 든다.

피로 흠뻑 젖어 이목구비를 알아보기 힘들었지만, 두 눈에 자리 잡힌 정력(定力)이 누군지를 말해 준다.

혜가였다.

사내는 혜가의 그런 두 눈을 한참이나 뚫어져라 쳐다보다 길게 한숨을 내쉬었다.

"하아아! 여전히 생각은 바뀌지 않은 게로군."

"……."

"왜 그리도 고집이 쇠심줄 같으신가?"

"……소승은, 몇 번이고 말씀을 드렸습니다."

제석천은 가볍게 한숨을 내쉬었다.

"우리들이 살고자 함이다."

"그렇다 하여도 잘못된 것은 잘못된 것입니다."

"또한, 세상을 정화하고자 함이다."

"미륵은 말세에 나타나 모든 것을 바로잡는다지요? 하지만 아셔야 합니다. 우리는 미륵이 아닙니다."

"놔두면 앞으로 더 큰 혼란이 찾아올 텐데도?"

"아직은 아닌 것입니다."

계속되는 설득에도 혜가는 생각을 바꾸질 않는다.

제석천의 눈가에 분기가 살짝 돌았다.

"그것은 관세음의 뜻인가?"

"……."

혜가가 처음으로 입을 꾹 다문다.

제석천은 고개를 절레절레 흔들었다.

"맞는 게로군."

"……."

"관세음, 관세음……! 그 친구는, 언제나 우리들을 곤란하게 만드는구나."

그래. 예전부터 줄곧 그랬지.

관세음보살은 다른 부처들과 걷는 길이 달랐다.

옥황상제 일파와의 싸움이 계속될 때에도 하계에 영이 미쳐서는 안 된다면서 홀로 떨어졌고, 이제는 아예 등을 돌려 독자적으로 활동한다.

보살들 중에서도 가장 뛰어난 실력을 지녔고, 하계에서

가장 많은 신앙을 자랑하기에 그녀를 필요로 하는 부처 일파로서는, 사사건건 방해를 하려 하는 그녀를 두고 속이 많이 답답한 상황이었다.

"하면 그녀는 이번에도 우리가 아닌 제천대성 쪽을 믿는 겐가?"

혜가가 뚫어져라 제석천을 쳐다본다.

몰라서 묻느냐, 는 의미.

제석천은 헛웃음을 흘렸다.

"하긴 예전부터 그녀의 제천대성 사랑은 참으로 지극했었지. 우리들이 여러 번 우려를 표할 정도로."

과거 손오공 일행이 천축으로 갈 때에 가장 많은 도움을 줬던 존재가 관세음보살이 아니었던가.

"역시 관세음은 그를 비로자나로 보고 있는 거야. 우리와는 전혀 다른 방식으로."

혜가는 알 수 없는 말을 중얼거린 뒤, 다시 물었다.

"하면 다시 묻겠네. 정말 자네는 우리와 뜻을 함께할 생각이 없는가?"

"소승의 생각은, 달라지지 않을 것입니다."

"자네의 제자가 그리되었는데도, 여전히?"

"……."

혜가가 다시 입을 꾹 다문다.

하지만 제석천은 아주 잠깐이나마 그의 눈동자가 흔들리는 것을 놓치지 않았다.

혜가의 막내 제자였던 아이, 나유.

"과연 어느 것이 옳은 선택일까? 자네의 신념? 아니면 그 귀엽던 아이의 넋? 대답은 정해진 것이 아닐까 싶네만."

제석천은 그 말만 하고 돌아섰다. 광원이 저절로 꺼지면서 어둠이 다시 찾아온다.

"아, 그리고 제천대성이 어떻게 눈치를 채고 이미 이곳에 나타났다고 하네. 아마도 곧 나를 찾으려 들 테지. 자네도 찾을 것 같은데, 그때까지 고민해 보게나."

그 말을 끝으로 제석천은 다시 왔던 길을 되돌아갔다.

적막이 내려앉은 곳에서, 혜가는 몇 번이고 염불을 외웠다.

"아미타불, 아미타불……."

일이 이렇게 되어 버린 데에 대한 분노와 슬픔을 가득 담아서.

*   *   *

지호가 여태 겪은 부처란 자들은 하나같이 용의주도하며

쉽게 모습을 드러내지 않았다.

아바타라 속에서 자신을 숨기고자 한다면 아무리 예지안으로 쫓아도 찾기가 힘든 것이다. 때문에 지호는 제석천을 찾아내는 데 상당히 힘이 들 것이라 생각했다.

더군다나,

'동승신주에 나타난 부처가 꼭 하나만 있으란 법은 없지.'

그게 가장 큰 문제였다.

제석천만 홀로 밖에서 활동하여 지호의 이목을 끌고, 몇이나 될지 모르는 여러 부처들이 각자 다른 곳에서 꿍꿍이를 부릴지 모른다는 것이.

'분명 녀석들도 내가 나타난 걸 느꼈을 거야. 최대한 숨든가, 뒤를 치든가. 둘 중에 하나겠지. 하지만 나는 시간이 없어. 바로 쳐야 해.'

당장 지호로서는 다른 생각을 할 겨를이 없었다.

'우선 제석천을 없애고, 신도들을 구한다.'

생각이 끝난 것과 동시에,

스륵!

발아래로 드넓은 황성(皇城), 자홍성이 나타난다.

예전에 태양의 조각을 찾으려 했을 때에도, 천계에서 이나은을 만나고자 했을 때에도 왔었던 곳.

지호는 눈을 가느다랗게 좁혔다.

국명이 바뀌면서도 대륙의 중심부로서 활동을 해 왔던 자홍성은, 명교의 총단이라는 특징도 부여되면서 이전보다 훨씬 넓고 화려한 구조를 자랑했다.

분명 겉으로 보기에는 너무나 아름답다.

하지만…… 지호의 눈에 자홍성은 아름다운 외면과 다르게 음습함이 자리 잡은 마굴로만 보였다.

지호는 화안금정과 예지안을 활짝 열었다.

자홍성을 둘러싼 모든 정보들을 받아들이려 하자, 헤아릴 수도 없을 만큼 방대한 양의 정보가 물결쳐 머릿속으로 들어온다.

빠르게 복도를 오고 가는 대소신료들.

"그래도 그건 아니지 않은가!"

"아니긴 뭐가 아닌가! 저 마종(魔宗) 놈들 때문에 한바탕 시끄러웠던 걸 그새 잊었는가!"

"어찌 손바닥으로 하늘을 가리려 하는 겐가! 그들 때문에 일이 벌어졌다는 게 말이나 된다고 생각하는가?"

"안 될 건 또 무엇인가!"

"제발 정신 차리시게! 이건 우리들 때문이야. 우리들이 부리는 말도 안 되는 행패 때문에……!"

"듣기 싫네!"

"자네, 정말……!"

"자네야말로 자꾸 말도 안 되는 이야기를 지껄여 대는군. 그들은 신인의 뜻을 거부했어."

"우리들을 거스르는 게 신인의 뜻을 거스르는 겐가!"

"암! 그새 잊었는가? 폐하야말로 천자(天子). 신인의 천명을 이어받은 몸! 폐하의 뜻을 거스르는 것은 곧 하늘을 거역하는 것이야!"

"정신 좀 차리게, 제발!"

"듣기 싫네. 형(形)은 예정했던 대로 집행될 걸세."

구중심처, 건청궁에서 상시와 의논하는 황제.

"민란은, 어찌 되었소?"

"어찌 천자이신 폐하의 뜻을 거스를 수 있겠나이까?"

"하면……?"

"예. 거의 다 수습되었다 하옵니다. 지금은 몇몇 수괴들만이 산속에 숨어 저항을 하고 있으나, 이들 역시 곧 진정될 것입니다."

"하아아! 짐이 부덕한 것이오? 아직 나이가 어려 세상 물정을 모르는 것인가? 그들 역시 짐의 자식들이고 백성이거늘. 어찌 이런 참담한 일이 자꾸만 벌어지는 겐지……."

"잊지 마시옵소서, 폐하. 그들은 폐하의 뜻을 저버리려는 마종이 아니옵니까? 삿된 마귀에 물들어 신인의 가르침을 왜곡하는 그들은 더 이상 폐하의 자식이라 할 수 없사옵니다."

"허나, 그렇다 해도 그들이 곳곳에서 일어나는 건 그만한 이유가 있지 않겠소? 짐은 강서성에서 벌어진 일을 생각하면 아직도 자다가 눈이 뜨일 정도요."

"그들은 반란이었사옵니다. 감히 폐하와 신인의 뜻을 거스르려 하는…… 잊으시옵소서."

"쉽지 않으니 그런 것 아니겠소?"

"하면 소신이 한 가지 주청을 드려도 되겠나이까?"

"말해 보시오."

"국사(國師)와 의논을 나누심이 어떠실는지요."

"국사와?"

"그렇사옵니다."

"허나, 국사는 본교의 사람이 아니지 않소?"

"그렇기 때문이옵니다."

"음? 자세히 말씀해 보시오."

"예. 본디 국사께서는 덕망과 불심이 깊다 알려진 고승. 이미 하늘과도 통하신 지 오래된 분이 아니십니까? 특히나 그분이 부리는 재주는 풍운조화가 따로 없는 것이니, 그런

분이라면 지혜의 눈으로 이러한 정국을 보다 확연히 보실
수 있지 않겠사옵니까?"

"그도 그렇겠군."

"또한, 본교와 불가 간에 관계가 나쁘지 않은 바. 그들
의 의견을 들어 마종을 다루는 것도 좋으리라 사료되옵니
다."

"내 비록 몸은 본교에 담고 있다 하나, 마음은 불가를 좇
은 지 오래된 바. 경의 뜻을 따라 보도록 하겠소."

소란스러운 금의위들.

"마종 놈들이 계속 난동을 피우고 있습니다!"

"그것 하나 해치우지 못해서 이런 난리를 피우는가! 몽
땅 잡아들이라 하지 않았더냐!"

"허나, 숫자가 너무 많……!"

"그럼 군병을 동원해서 짓밟아 버리기라도 해! 강서성에
서의 일을 그새 잊었나!"

"여, 여, 영감! 강서성에서의 일은 함구하라는……!"

"이미 알 사람은 다 아는 사실을 두고 무슨! 여하튼 강제
로 해산시켜! 놈들은 마종이다! 봐줄 것 없다!"

"아, 알겠습니다!"

황성 앞에서 울며불며 매달리는 백성들.

"나리, 나리! 제발 저희들의 말 좀 들어 주십시오!"

"대를 이어 살던 곳입니다! 당장 그곳에서 나가라 하시면 저희들은 대체 어찌 한단 말씀이십니까?"

"제발, 제발! 부탁드립니다!"

"허어! 신인의 뜻을 따르는 일에 어찌 너희들의 사리사욕만을 채워 달라고 하는 것이냐! 도리어 신인의 행사에 네 놈들이 가진 미천한 것들을 몽땅 내놔도 부족할진대! 어찌 신인을 욕보이려 드는 게야!"

"하지만 나리!"

"제발……!"

"어허! 이거 놓지 못하겠느냐! 뭐하는가, 금의위! 이것들을 어여 떼어 놓지 않고!"

"나리!"

"만약 끝까지 놓지 않으려 든다면 모두 반역죄로 다스려라!"

"나리이이이!"

그들을 지켜보는 사제들.

"정말이지 개판이로군."

"그러게 말일세. 뭐, 저것이 마종의 본질이 아니겠나.

떼를 쓰고, 안 통할 것 같으면 힘마저 불사하려 하는 것 말일세."

"천자의 뜻이 그러하고, 신인의 말씀이 그리 내려왔다는데 왜들 저러는지. 쯧!"

"천자가 무슨 필요가 있는가 외치는 무지한 작자들이 아닌가? 듣기로는 근 한 달 새에 대대적인 마종에 대한 탄압이 있었다더군. 그들이 사는 땅을 몰수하고, 거기에 붙어 있던 놈들은 죄다 잡아들였다 하네."

"잘 되었군."

"왜 아니겠는가? 그동안 저치들 때문에 시끄러웠던 게 한두 개가 아니었는데."

"그래도 국사께서 오신 이후로 참 많이 편해졌어."

"그건 맞는 말일세. 그동안 수수방관하기만 해야 했던 마종 놈들을 일망타진했을 뿐만 아니라, 여러 난립하는 종파 놈들을 단번에 정리할 수 있었으니. 그런 분이 본교에 있어야 하는 것인데……."

"뭘 그리 걱정하나? 이미 본교나 불가나 같은 몸이 아닌가."

"하긴 그도 그렇지."

"하여간 저들이 나간 자리에는 근사한 사당 하나를 건립하세. 신인께서도 뿌듯해하실 게야. 우리들의 주머니도 제법 두둑해질 테고."

"흐흐흐흐! 왜 아니겠나?"

모든 것이 미쳐 돌아가고 있었다.

지호가 여태 예지안으로 살폈던 것보다 훨씬.

특히 지호가 처음 지나왔던 강서성, 그곳에 사람 하나 남지 않았던 이유.

강서성은 주요 교파가 다르다는 이유만으로 계속되는 핍박과 탄압을 참지 못해 봉기를 했다가 진압되고 말았다.

그런데 위정자란 것들이 이를 두고 쉬쉬하면서도 아무렇지 않다는 듯, 당연히 그러해야 했다는 듯, 웃으면서 아무렇게나 지껄여 댔다.

자신들의 뜻이 곧 신인의 뜻이라는 핑계로. 황제는 천자이니, 그의 의중이 곧 신인의 의중이라는 명분을 대면서 말이다.

그리고 그런 비극은 다시 한 번 되풀이되려 한다.

살던 터전을 빼앗기고 하루아침에 밖으로 내몰리고 만백성들. 그들 중 수괴라 알려졌던 이들은 반역 도당이라 낙인찍힌 채 차디찬 지하 감옥에서 사형될 날을 기다리고 있었다.

으드득!

이를 으스러져라 간다.

좋다.

이렇게까지 철저하게 망가졌다면,

'내 손으로 모두 거두겠다.'

지호는 주먹을 아래로 세게 내렸다.

"내려라."

* * *

콰콰콰콰콰콰콰!

대기가 한데 응축되며 움직이기 시작한다.

거대한 기류가 완성되면서 자홍성의 하늘을 가득 물들였다.

"저, 저게 뭐지?"

"왜 그러나? 무슨⋯⋯! 허!"

복도를 오고 가던 대소신료들은 누군가가 하늘을 가리키자 아무 생각 없이 고개를 들었다가 헛바람을 들이켜고, 항의하는 백성들을 토벌하기 위해 연무장에 모이던 군병들도 놀라며 주춤 물러선다.

하늘을 따라 거대한 먹구름이 잔뜩 끼었다.

그저 그런 먹구름이 아닌, 보는 것만으로도 등골이 절로 오싹해질 정도로 두터운 먹구름.

사이사이로 뇌기가 번쩍이며, 대지를 휩쓰는 바람도 덩달아 강해져 일어서 있는 것이 힘들어질 정도였다.

특히 내관과 이야기를 나누던 황제는 소란에 창밖을 힐끗 보다 소스라치게 놀라 체면도 잊은 채 창가로 뛰었다.

그 순간, 재앙이 시작되었다.

콰르르르르르르르르릉!

벼락이 쉴 새 없이 떨어지면서 자홍성을 두들겼다.

이대로 두 눈이 멀어 버리는 게 아닐까 싶을 정도로 밝은 벼락이 연신 꽂힌다.

콰쾅! 쾅! 콰콰콰콰쾅!

하늘을 찌를 듯이 높다랗게 선 마천루의 지붕이 터져 나가고, 반들반들하게 닦아 놨던 주작대로에 족히 수 미터는 될 깊은 구덩이가 곳곳에 파이고 사방으로 거미줄처럼 균열이 잔뜩 퍼졌다.

"히이이이이익!"

"이, 이, 이게 뭐야!"

"대체 무슨 일이 벌어지는 겐가! 분명 오늘 이런 폭풍우가 올 것이란 말은 없었지 않았나!"

"도, 도망쳐!"

사람들은 저마다 부리나케 뒤돌아서서 뛰기 시작했다.

신료들도, 군병들도, 내관이며 궁녀들도 뒤돌아 볼 새가 없었다.

천둥소리와 폭발 소리가 한데 뒤엉키면서 귀청이 찢어질 것 같은 굉음이 곳곳으로 퍼져 나간다.

사람들이 놀란 나머지 비명을 내지르지만 곧 묻혀 사라진다.

소나기처럼 벼락이 퍼붓는 탓에 사람들 여럿이 휘말려 죽어 나간다.

하지만 그보다 대게 무너진 건물의 잔해에 깔리거나, 서로 앞으로 튀어 나가려 아등바등거리다 인파에 휩쓸려 죽는 경우가 대부분이었다.

아수라장.

자홍성은 단 일각도 안 되는 사이에 혼돈과 절규가 난무하는 곳이 되어 버렸다.

그야말로 지옥도가 따로 없었다.

우르르르르르—!

"어, 어, 어떻게 된 거지?"

방금 전까지 자홍성 앞에서 눈물을 흘리던 백성들은 두 눈을 동그랗게 떴다.

처음에는 하늘이 갑자기 이상해져 단단히 겁을 먹었다.

하지만 곧 뭔가 이상하다는 사실을 눈치챘다.

바보가 아니고서야, 자홍성 위의 하늘에만 먹구름이 잔뜩 끼고 벼락이 내린다는 게 말도 안 되는 조화라는 걸 어찌 모를까.

"하, 하늘이 노하셨다……?"

"천벌이라도 내리는 겐가?"

백성들이고, 그들을 막던 군병들이고 가릴 것 없이 한참 동안 멍하니 하늘을 바라봤다.

그때, 누군가가 소리쳤다.

"신인이다!"

뭐?, 얼굴에 잔뜩 의아함을 낀 채 소리를 지른 자를 본다.

"신인이시다! 신인이 노하신 게야아아아아아!"

그 목소리는 도화선이 되었다.

"시, 신인께서 정말……?"

"그래. 이런 조화를 신인이 아니시면 또 누가 해낼 수 있단 말인가!"

"신인이시다! 신인이 나타나셨다!"

"아아! 신인이시여!"

"신인께서 우리들의 부름에 대답을 해 주셨다아아!"

백성들 사이로 환희가 잔뜩 번져 나간다.

그들의 머릿속으로 성전(聖典)의 한 구결이 스쳐 지나갔다.

세상에 환란이 닥치매, 거짓된 자들이 그분의 이름을 빌려 너희들의 아내를 빼앗고, 자식을 죽이고, 땅을 짓밟고, 가르침을 부정하려 들 때에, 그분은 너희들의 부름을 받고 다시 이 땅에 강림하시어 거짓된 자들을 일벌하시고 세상을 정화할 것이니라.

그저 단순한 구결이라고 여길지도 모르는 짤막한 문구였지만, 이보다 확실한 것은 없었다.

"하늘이 노하셨다! 신인이 노하셨다아아아아!"

신인이 드디어 돌아오셨다는 사실에 크게 기뻐하면서 만세를 외친다. 잔뜩 어깨에 힘을 주며 모두가 한목소리로 외쳤다.

신인이 돌아오셨노라고.

우리들을 구제하러 다시 이 땅에 나타나셨노라고!

백성들의 함성이며 기세가 폭발하듯이 팽창한다. 두 눈을 밝게 피운 자들이 신인의 뜻을 따른다며 물밀 듯이 자홍성 안으로 쳐들어온다.

"무슨 헛소리를 지껄이는 것이냐! 이것은 삿된 마귀가 저지르는 짓이다! 그래! 마귀가 신인의 역사(役事)를 방해하려 술수를 부리는 것이란 말이다! 이제 보니 너희 모두가 마귀의 앞잡이였던 게로구나! 다들 뭣하느냐! 이놈들을 모조리 추포하지 않고! 배교도들이 아닌가!"

이를 보고 있던 사제가 백성들을 당장 잡으라며 길길이 날뛴다.

하지만 군병들은 들불처럼 일어나는 항의 시위를 막아내는 것도 벅찼다.

"죽이든 잡든, 어떻게든 막으란 말이다아아아!"

"닥쳐라, 이놈!"

그때 돌팔매질이 날아와 사제의 관자놀이를 쳤다.

"누구냐! 감히, 감히, 신인을 모시는 나에게……!"

"신인이 저기에 계시는데 무슨 헛소리냐! 신인을 함부로 팔지 마라, 이것들아!"

"맞아! 맞아!"

"뭣들 하시오! 저 잘못된 것들을 어여 이곳에서 몰아내지 않고! 신인의 가르침을 바로 세웁시다! 신인이 우리를 굽어 살필 것이오!"

"옳소! 옳소!"

"갑시다! 저 삿된 것들을 두들겨 패러!"

와아아아아아!

백성들은 두 눈에 불을 켠 채 군병들을 강제로 밀친다. 그 서슬 퍼런 기색에 놀라 군병들이 뒤로 주춤 물러서다, 끝내 침입을 허락하고 말았다.

사제는 짓밟혔고, 성난 군중이 물밀 듯이 자홍성 안으로 들이닥쳤다.

* * *

신인이 강림하시었다!

자홍성이 신벌을 받고 있다는 소식은 금세 황도(皇都)를 뒤흔들었다.

여태 고위 관직이나 사제들과 결탁했던 자들은 잔뜩 겁을 먹은 채 부랴부랴 짐을 싸기 시작했고, 여태 탄압과 멸시를 받으며 마종이라 분류되었던 빈민들은 들불처럼 일어났다.

황도 곳곳에서 민란이 일어났다.

* * *

성경에는 소돔과 고모라라는 도시가 언급된다.

선한 사람 하나 없이, 오로지 악인으로만 가득 차 이를 보다 못한 신이 세상에서 지워 버렸다는 도시.

아마 자홍성이 그러할 것이다.

지호의 발아래는 참으로 참혹하기 그지없었다.

본래의 모습은 사라진 지 오래였다.

아비규환.

이곳이 정말 방금 전까지만 하더라도 대륙을 지배하고, 중원을 호령하며, 만인을 대표하던 곳이 맞는가 싶을 정도로 철저하게 망가졌다.

하지만 벼락은 남은 흔적조차도 허락지 않겠다는 듯이 계속 지상을 쓸어 나갔다.

여태 억압을 받던 백성들은 이때만을 기다렸다는 듯이 자홍성 안으로 꾸역꾸역 밀치고 들어갔다.

벼락이 어디로 떨어질지 모르니 위험천만한데도 불구하고, 그들은 오로지 신인의 가호가 자신들을 따른다는 믿음 하나로 당당하게 들어섰다.

결국 이러한 소문은 급격하게 황도 전체로 퍼져 곳곳에서 사람들이 일어나 자홍성으로 몰려들었다.

끝도 없이 이어지는 군중의 물결은, 보고 있노라면 가슴이 꽉 막혀 왔다.

이 정도였구나.

이렇게나 가슴에 한이 쌓여 있었구나.

다들 내가 오기만을 기다리고 있었구나.

지호는 속이 시원해지기는커녕 도리어 속이 더 꽉 하고
막혀 왔다.

이렇게 될 정도로 신도들을 내버려 두었다는 사실에.

그들은 기뻐하는 것이 아니었다.

하나같이 눈물을 흘리고 있었다. 이렇게라도 하늘이 자
신들을 돌봐 주고 있다는 사실에.

그리고 옥에 갇혀 형을 집행 받을 시기만을 기다리고 있
는 가족들을 찾아 달렸다.

"성아, 저 사람들 다치지 않게 도와줘."

―응! 알았어!

청룡이 크게 고개를 주억거렸다.

지호는 자홍성과 관련된 것을 모두 청룡에게 맡기고, 화
안금정을 건청궁 쪽으로 쏟았다.

이렇게 두들겨 댔으니, 제아무리 제석천이라 해도 어찌
안 나오고 버틸까. 설사 도망친다고 해도 흔적을 남길 수
밖에 없으니 쫓는 건 무리도 아니었다.

아니나 다를까.

"정녕…… 하늘이, 신인이, 짐을 버리시는 것인가?"

"피하셔야 하옵니다, 폐하! 어서 서두르시옵소서!"

"신인이 짐을 버리셨는데, 어디로 간단 말이오?"

"모르시겠사옵니까? 이것은 신인의 뜻이 아니옵니다."

"하면?"

"이는 마귀가 삿되이 그분의 이름을 빙자해 술수를 부리는 것이 아니겠사옵니까! 신인께서는 우리들을 사랑하시지, 이리하시지는 않사옵니다! 마종, 그 작자들이 기어코 마귀를 이 땅에 불러들인 것이옵니다!"

"그런 것인가……?"

"예. 하오니, 어서 옥체를 보존하시옵소서. 마귀가 이곳으로 들이닥치기 전에 이곳을 빠져나가셔야 하옵니다. 이미 국사께서 폐하를 기다리고 있사옵니다."

"국사께서?"

"예. 국사시라면 능히 마귀를 물리치실 수 있을 터. 우선 옥체를 보존하시옵고, 뒷날 병력을 추스르신 후 다시 돌아오시어 마종 놈들을 쓸어버리시옵소서."

"……알겠소. 경의 뜻이 그러하고, 국사가 도와주겠다 하면 제깟 마종과 마귀가 짐의 숨통을 옥죄어 온다 한들, 어찌 위험할까?"

황제가 움직이는 것이 읽혔다.

내관이라는 자가 벽면을 건드리자 지하로 통하는 암로가 개방되었다.

황제는 소수의 금의위를 대동한 채 비밀 통로를 따라 안으로 들어갔다.

"이곳으로 오시면 되옵니다."

"많이 어둡구려. 답답하고."

"조금만 더 가시면 되옵니다."

"마귀가 이곳을 읽고 들이닥칠 위험은 없소?"

"이곳은 과거 교조이신 신녀께서 비밀리에 만든 곳이니, 제아무리 마종 놈들이 귀신같다고 한들 알 수 없을 것이옵니다. 설사 마귀가 신기방통하여 읽는다 하여도 국사께서 수하들과 함께 결계를 쳐 두었다 하시니 근심은 놓으시옵소서."

"국사께서는…… 보면 볼수록 참으로 기이한 능력을 지니셨구려."

"부처의 힘이 아니겠사옵니까?"

"부처라, 부처!"

"부처의 광명은, 두루 세상을 비춘다 하지 않사옵니까? 그렇기 때문일 것이옵니다."

"짐이 만약 이곳을 무사히 빠져나간다면……."

"하교하시옵소서."

"짐이 이곳에서 무사히 나간다면…… 짐은 국교를 바꿀 것이오."

"백성들이 반발하지 않겠사옵니까?"

"마귀가 들끓는 마종이 태어난 종교요. 신인이 위대하시다 하여도, 어린 양인 우리들을 더 이상 보살피시지 않는다면 부처의 품으로 귀의하는 것이 옳지 않겠소?"

내관에게서 얼핏 만족에 찬 웃음소리가 퍼진다.

그렇게 얼마나 움직였을까?

서서히 숨소리가 거칠어지던 황제의 목소리에 처음으로 화색이 돌았다.

"아미타불. 오셨사옵니까?"

"호오, 여기에 계셨구……!"

바로 그때, 지호가 허공을 박찼다.

콰아아아아아아아아앙!

"이게 무슨 소리……!"

"폐하, 피하시옵소서!"

화안금정을 따라 울리던 목소리는 어느새 육성으로 다가와 지호의 귓가에 박혔다.

지반을 박살내며 암로로 뚫고 들어간 자리.

머리를 파르라니 깎아 이마에 계인을 박은 승려가 지호의 주먹을 막아 내고 있었다. 두 눈에 핏대를 잔뜩 일으킨 채로.

황제와 내관이 국사라 부르던 자다.

정확한 정체는 제석천과 함께 동승신주에 강림한 부처.

지호의 예지안을 따라 놈의 정체가 읽힌다.

　—화천.

　불가의 하늘을 지킨다는 호세천부의 12부처 중 하나. 동남쪽을 다스리며 불길로써 세상의 번뇌를 지운다고 한다.

달리 '아그니'란 이름으로 널리 알려진 자라니!

그 힘만 따진다면 제석천과 비교해도 절대 뒤지지 않는다.

더군다나 녀석은 어째서인지 아바타라의 몸을 하고 있는데도 불구하고 부처로서의 힘 대부분을 내고 있었다.

하지만 지호는 개의치 않고 웅크리고 있던 왼손을 활짝 펼쳐 터뜨렸다.

콰콰콰콰콰콰콰콰콰!

화염륜. 거센 불길이 암로를 가득 메웠다.

〈다음 권에 계속〉

ORIGINAL FANTASY STORY & ADVENTURE

태선 판타지 장편소설

신수의 주인

매력적인 세계관을 가진 작가 태선의
『여신 시리즈』 마지막을 장식할 또 하나의 유니크한 소설

과연 그녀는 '파혼검'을 만들어 내기에서 승리하고
그녀가 원하는 삶을 쟁취할 수 있을 것인가?

dream
books
드림북스

핏빛 판타지의 연금술사, 쥬논.
그가 펼치는 공포와 선혈의 환상 세계!

『흡혈왕 바하문트』, 『샤피로』를 잇는 그 세 번째 이야기.
검푸른 마해(魔海)의 세계에 그대를 초대합니다.

dream
books
드림북스

마왕

요도 김남재 신무협 장편소설

ORIENTAL FANTASY STORY & ADVENTURE

『지옥왕』, 『요마전설』의 작가!
요도 김남재 신무협 장편소설

천하를 통일한 마교의 대공자 혁련휘.
오랜 세월 동안 행방불명되어 죽은 줄만 알았던 그가
동생의 복수를 위해 강호 무림에 칼을 겨눈다!

dream
books
드림북스